너만 보는 이야기

너만 보는 이야기

윤주연 장편소설

차례

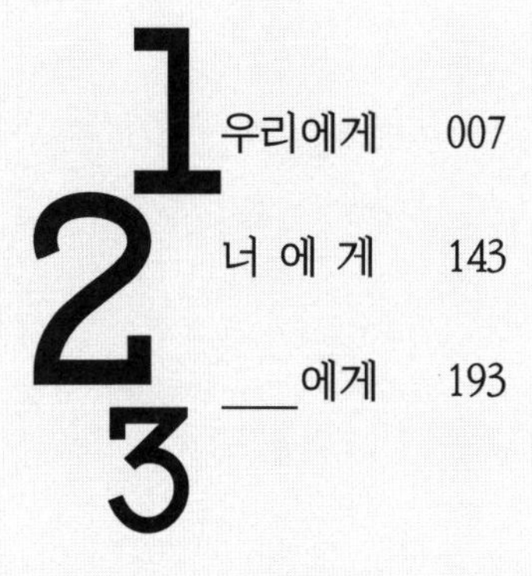

1

우리에게

하트 6_

그 때 기억 나?

언제나와 같은 일상이 또 언제나처럼 위협적이었던 학창 시절.

나는 학교 복도를 지나갈 때마다 늘 어디론가 도망치고 싶다는 충동을 느끼고는 했어. 그런 내 자신을 지키기 위해 일부러 겁이 하나도 나지 않는 양 고개를 치켜들어 보기도 했지. 그러나저러나 밀물과 썰물처럼 몰려드는 수많은 아이들 사이에서 한없이 작게 느껴지는 건 매한가지였지만 말이야.

재잘거리는 말소리들과 매서운 비처럼 흩어져 내리는 눈빛들을 피해 최대한 멀리 도망쳤어. 물론 그 누구와 눈이 마주치더라도 큰 문제는 없긴 했을 거야. 어차피 내가 무엇을 하든 별다른 화젯거리는 못 되었을 테니까. 기껏해야 하루 이틀 입방아에 오르는 정도? 애초에 미움을 받는 것도 어느 정도의 관심이 필요로 한 일이었거든. 남들의 눈에 띄지 않는 다소 외로운 재주를 가진 나는 그래서 그런 측면에서는 남들보다 한참 자유로웠지.

하지만 모든 일에는 예외가 존재하기 마련이라서 —

너만큼은 나를 향해 손을 흔들어 보였을 거야. 나를 "바보"라고 부르는 것으로 인사를 대신하고. 멀리서 하야말갛고 흐릿한 형체로만 보이더라도 나는 너를 쉽게 알아볼 수 있었을 거야. 신동우, 너를 제외하고는 그럴 사람이 없었을 테니까.

나는 반가운 마음을 숨기고 괜히 "그게 인사야?" 따위의 말로 쏘아붙였을 거야. 그럼 너는 천연덕스러운 미소를 지어 보이며 대충,

"형식이라는 건 어디까지나 구실일 뿐이야. 중요한 건 진실

된 마음이지."

정도의 대답을 하고는 했겠지. 그러면 나는 더 따져 물을 수가 없었을 거야. 말주변으로는 어떻게 해서든 너를 이길 자신이 없으니까.

고등학교 시절 내내 시계 토끼를 쫓아가던 앨리스처럼 너를 쫓게 되었어. 너에 대한 호기심이 나를 어떤 긴 여정으로 끌어당기게 될지 전혀 알지 못한 채로. 그 여정 속에서 너와의 기억들은 어째서인지 다 뒤죽박죽이야. 어느 게 먼저 오고 어느 게 나중에 오는지 알 수 없이 뒤섞여 버린 트럼프 카드들처럼. 심지어 무엇이 환상이고 무엇이 진짜인지조차 이제는 구별해 내기 쉽지 않아. 그런 기억들이 내게 어떤 의미를 지니는지도 아직은 잘 모르겠어. 내가 확실하게 알 수 있는 건 우리 사이에 헤아리기도 힘들 만큼 많은 일들이 있었다는 사실 뿐이야.

그런데도 나는 계속해서 너와의 기억을 카드처럼 계속 뒤섞고 또 펼쳐 보고는 해. 마치 그렇게 하면 대체 어디서부터 그 모든 게 잘못되었는지 알 수 있기라도 한 것처럼. 이제까지 일어난 일들 전부를 바로잡을 수 있기라도 한 것마냥.

스페이드 2_

내가 기억하는 너와의 첫 만남은 고등학교 때였어. 그날 나는 학교 교실에 늦은 시간까지 남아 있었지. 나는 원래부터 집에 일찍 들어가는 것보다는 학교에 혼자서 오래 남아 있는 걸 좋아했으니까. 그러다가 집으로 돌아가려고 할 때, 교실 문 앞에 서 있던 너를 보고는 무척 놀랐어. 너는 마치 나를 기다리고 있기라도 하는 사람 같이 서 있었으니까.

그런 네가 나를 보고 웃으며,

"아! 때마침 여기 있었네."

라고 말할 때는 더더욱 놀랐지.

그때 내가 너에 대해서 알고 있는 건 이름이 고작이었거든.

정신을 차려 보니 어느새 너랑 같이 하굣길을 걷고 있었어. 나는 네가 왜 늦은 시간까지 학교에 남아 있었는지 묻지 않았어. 너 역시도 내게 그런 질문을 하지 않았지. 너는 그저 네가 그토록 감명 깊게 보았다던 어느 영화에 대한 이야기를 늘어놓기 바빴어. 이제 와서 하는 소리지만 정말이지 지루한 얘기였지. 재잘재잘 신나게 이야기를 늘어놓고 있는 너의 모습을 보면서 차마 그런 말을 할 수는 없었을 뿐이었어. 그런데 너는 내가 의례적인 호응이라도 보이면, 보다 더

초롱초롱해진 눈으로 열심히 설명을 해 나가더라고. 그렇게 열심히 계속 말을 이어나가는 그 모습이 너무 재미있었어. 그래서 나는 네가 늘어놓았던 말들보다도 너의 그 초롱초롱한 눈빛에 더 빠져들었어.

그쯤이었을까. 형용하기 어려운 이상한 일이 벌어진 게.

순간 누군가가 마법이라도 부려 놓은 것처럼 내 눈앞의 풍경이 몇 번이고 세차게 일렁였어. 네 말이 귀에서 자꾸만 윙윙거려 한 마디도 제대로 들리지를 않았어. 재미있는 건 그렇게나 이상한 일이 벌어지고 있는데, 정작 나를 제외한 그 무엇도 달라지지를 않은 듯했다는 거야. 내 옆에 있는 너도 내게 무슨 일이 일어나고 있는지 전혀 알지 못하는 것 같았어.

그래서 나는 그 날 내가 헛것을 본 게 아닐까 생각했어. 하지만 단순히 그렇게 넘기기에는 그날의 기억이 이상하리만큼 선명했지. 그때의 네 모습을 떠올릴 때면, 나는 다시 어지러운 기분을 느끼고는 했어. 가슴 어딘가가 저릿저릿 아파지고, 다리에 힘이 풀려 당장이라도 주저앉을 것만 같은 기분이 들고는 했어.

그 역시도 착각일 뿐이라고 생각하려고도 했어. 마음이 조금 복잡해져서 일으키는 착각일 뿐일 거라고. 그래서 마음의 평정심을 되찾는 갖은 방법들을 찾아보기도 했어. 불교 신자도 아니거니와 염불을 외울 줄도 몰랐는데도 '나무아미타불'을 계속 되뇌어 보기까지 했어. 헛것을 잊고 마음의 평정을 찾는 데에 그 주문이 조금이나마 도움이 될까 싶었거든. 정말 그 말을 몇 번이고 반복하다 보니 나를 괴롭히던 마음의 열기도 점차 식어가는 것만 같았어. 그렇게 그 이상한 기분이 한순간의 착각으로 일단락되어 쉽게 잊힐 줄로만 알았어, 너를 다시 보더라도 아무런 감흥이 없어질 만큼.

그런데 그 이후로도 종종 그 착각은 다시 발생하고는 했어. 나무아미타불, 나무아미타불을 몇천 번을 반복해 보더라도 소용이 없게 되어 버리는 날이 오고야 말았지. 고등학생이 된 지 얼마 지나지 않은 봄날이었어. 아픈 느낌이 좀처럼 사라지지 않고 내 가슴 속에 남아버렸어. 그래서 오롯이 내 것이 되어 버렸어.

하트 3_

별다른 대책도 없이 느껴버리게 된 감정이었지. 그만큼 나는 너에 대해 알고 있던 정보도 거의 없었으니까.

그래서 나는 너에 대한 사실들을 조금씩 알아가고자 했어. 가장 먼저 알게 된 사실은 네가 손놀림이 정말 서툴다는 점이었어. 너는 미술 실습이나 가정 수업 때 좀처럼 일을 제대로 해내는 법이 없었어. 심지어 나보다 젓가락질도 못했지.

하지만 그렇게 손놀림이 서투른 너에게도 손에 익은 몇 가지 일들이 있다는 걸 곧 알게 되었어. 그중 하나는 바로 네가 그렇게나 좋아하던 트럼프 카드를 다루는 일이었어. 특히나 너는 '무지개'를 잘했지. 카드들을 두 묶음으로 나누고, 두 부채꼴 모양의 카드들이 사사사삭 서로 포개지며 섞이게 하는 기술 말이야. 물론 '무지개'는 그 기술의 정식 명칭은 아니거니와 어디까지나 내가 지어낸 이름에 불과했지만, 그래도 그 현란한 그보다 잘 어울리는 이름도 없어 보였어. 네가 현란한 손놀림으로 보여주는 '무지개'가 어찌나 신기하던지 네가 카드를 다 섞고 난 뒤에도 우리 반 애들이 몇 번씩이고 "다시 해 봐!"라고 말할 정도였지. 나는 그럴 때마다 '무지개'를 하는 너의 모습을 멀리서부터 바라보고는 했어.

그러다가 한번은 '무지개'를 선보이던 너랑 우연히 눈이 마주쳤지. 내 마음을 들키고 싶지 않아 애써 고개를 돌렸는데도 너는 나를 굳이 불러서 네 옆에 앉혔어. 그리 친하지도 않았던 내게 왜 그랬는지 의문이었지만 너에게 굳이 따져 묻고 싶지도 않았어. 너의 마음이 바뀌기 전에 옆자리를 사수하고 싶은 마음이 우선이었으니까.

"원카드 규칙 알아?"

카드를 다 섞은 네가 내 쪽을 쳐다보며 물었어.

나는 본능적으로 고개를 저었어. 혹시나 내가 규칙을 모른다고 하면 너랑 조금이라도 말을 더 할 수 있지 않을까 해서. 그리고 너는 내가 생각했던 만큼, 아니 사실은 기대했던 것보다도 더 친절하게 내게 게임 규칙을 가르쳐주었어.

"카드가 한 장만 남으면 '원카드!'라고 해야 해."

너는 애들과 게임을 하던 중에도 계속 그런 식으로 내게 속삭였어. 어떤 카드를 어떤 상황에 내야 하는지, 카드를 처음 본 사람이라도 충분히 이해할 수 있을 만큼 빠짐없이 설명해 주었어. 그러다가 옆에 앉아 있던 나만 볼 수 있게 네가 가지고 있던 카드 중 한 장을 보여주기도 했고.

"그리고 이 카드의 위력은 말 안 해도 알겠지?"

그 카드에는 달 위에 앉아 있는 조커가 알록달록하게 그려져 있었어. 우리는 그 카드를 보고는 누가 먼저랄 것도 없이 환하게 웃었어.

그렇게 몇 번의 카드 게임들을 더 했을까. 너는 그 이후로도 매번 나를 옆자리로 불렀어. 나는 몇 번이고 네가 '무지개'를 하는 모습을 곁에서 지켜보았어. 우리끼리만 공유하는 카드들의 비밀들은 그렇게 점차 늘어갔지. 그 카드 게임에서 나누었던 우리의 비밀들은 너와 나 사이의 연결고리가 되어갔어.

스페이드 3_

너는 불쑥 내 앞에 나타나 내게 대뜸 말을 걸고는 했어. 종종 사탕이나 과자 같은 것을 내 주머니 안이나 책상 서랍 아래에 넣어두기도 했지. 너한테 뭔가를 받는 것이 머쓱해져서 다시 돌려주려고 하면 너는,

"그냥 좀 받아. 나도 바쁜 사람이거든?"

따위의 말로 대꾸하고는 별다른 말도 없이 가 버리고는 했어.

갑작스러운 너의 행동의 변화가 좀처럼 이해가 가지 않았어. 어렵게만 느껴졌던 너와의 관계가 그렇게 술술 풀리는

게 이상했거든. 내가 우연히 좋아하게 된 상대가 때마침 같은 시간에 같은 속도로 나를 좋아해 주는 건 아무래도 믿기 힘든 판타지잖아. 그보다는 네가 내 마음을 알아채기라도 한 것이 아닐까 염려하는 편이 더 현실적이었지. 물론 어떤 이유 때문이라고 해도 너와 가까워질 수만 있다면 나는 아무래도 다 좋았지만.

다이아몬드 A_

나는 너를 만나기 전까지 마땅히 하고 싶은 일도 없었어. 장래희망 같은 거 말이야.

돈이야 당연히 많이 벌면 좋겠다고는 생각했지만, 무슨 일을 해서 벌어야 할지를 고민해 본 적은 없었어. 열심히 살아야 한다는 말은 남들에게 몇 번이고 들었지만, 왜 열심히 살아야 하는지에 대해서는 납득할 수 있을 만한 이유를 찾지 못했어.

굳이 따지자면 나도 꿈이랄 만한 게 있기는 했다. 적어도 한심한 어른이 되지는 않는 것. 남들이 손가락질하는 나잇값도 못하는 어른이 될 바에야 차라리 일찍 죽어 버리고 말

거라고 생각했어. 그럼 적어도 '어른이 되었더라면 더 나은 사람이 되었을지도 모른다'는 말이라도 들을 수 있었을 테니까. 그 편이 어른이 되어서까지도 한심한 내 모습을 마주하는 것보다는 한참 나을 것 같아 보였거든.

나는 어떻게 해서든 나 자신한테서부터 도망치고 싶었어. 집에서부터도 도망치고, 학교에서부터도 도망치고, 할 수만 있다면 이 세상으로부터도 아주 도망치고만 싶었어. 그렇게 아무도 나를 모르는 곳으로 도망쳐서 더 이상 내가 아닐 수만 있었으면 좋겠다고 생각했었어. 꼬질꼬질하고 더러운 나는 어딘가에 구겨서 없애 버리고, 남들의 눈에 번듯한 나로 다시 태어날 수 있었으면 좋겠다 싶었어. 그러면 나는 내 자신을 더 이상 부끄러워할 필요가 없었을 테니까. 하지만 아무리 그런 상상의 나래를 펼쳐 보더라도 나는 내 모습 그대로였어. 없어지지도, 지워지지도 않는 한심한 내 모습 그대로.

그래서 그렇게 별 수 없이 살아가던 중에 — 나는 너를 만난 거야.

그 다음부터는 무료한 일상마저도 온통 환상적인 꿈만 같이 느껴졌어. 한 번 툭 치면 펑 하고 사라져 터질 것만 같은.

그래서 나는 그 말도 안 되는 환상 속에서 너랑 영원토록 같이 살고 싶어져 버렸어. 내 인생에 발을 붙이고 다시는 도망치지 않고 살고 싶어졌어. 그리고 그렇게 다짐한 이후로는 나한테 꿈이 생겼어. 너의 여자친구가 되고 싶다는 거였어. 너의 생의 처음이자 마지막 여자가 되고 싶다는 게, 언젠가부터 나의 가장 절실한 꿈이자 장래희망이 되어 버렸어.

스페이드 5_

하루는 네가 근처에 맛있는 떡볶이집이 있다는 얘기를 꺼냈어. 김치조차도 잘 못 먹는 나한테 매운 떡볶이를 먹는다는 건 정말이지 곤욕스러운 일이었지. 하지만 너와 함께라면 얘기가 달랐어. 너랑 같이 시간을 보낼 수 있는 절호의 찬스를 함부로 놓치고 싶지 않았거든. 그게 설령 내가 잘 먹지도 못하는 음식을 먹으러 가는 일이라고 할지라도.

너는 그런 내 사정을 아는지 모르는지 두 사람이 먹을 수 있는 양보다도 한참 더 많은 양의 떡볶이를 시켰어. 그러고는 떡볶이를 먹는 시늉만 하고 있던 나에게 계속 더 먹을 것을 권했어. 차마 그런 네 앞에서 떡볶이는 전혀 먹지 못한다는 말을 할 수도 없겠더라고. 그 자리에서 다짜고짜 사실은 내가 너를 좋아해서 따라온 것일 뿐이라고 고백을 할 수도 없는 노릇이잖아. 그래서 나는 다이어트 중이라서 많이는 못 먹겠다고 핑계를 댔어.

“무슨 소리야? 너 완전 말랐어.”

“거짓말 하기는.”

“아니야. 나 너같이 마른 여자 진짜 처음 봐.”

“너 정도면 금방 뺄 수 있다”던가, “살 빼면 예쁠 것 같다”는 정도의 말이라면 몰라도, 나처럼 마른 여자를 본 적이 없다니. 너는 참 그런 마음에도 없는 거짓말을 잘도 하는구나 싶었어. 그렇다고 해서 네 거짓말이 싫었다는 건 아니지만. 실은 잘 먹지도 못하는 떡볶이를 호호 불어가며 열심히 먹어 댈 정도로 좋았어.

스페이드 6_

우리는 학교가 끝나고 종종 집에 같이 갔어. 그리고 때때로 떡볶이 가게에 들렀지. 가게에서 나오고 나서는 또 한동안 말없이 걸어갔어. 그러다가도 둘 중 한 명이 말을 꺼내면 기다렸다는 듯이 대화를 이어나갔어. 그러다가 그 앞의 길목이 나올 때쯤이면 그 앞에서 헤어졌어. 그 길목에서 너는 오른쪽으로, 나는 왼쪽으로 방향을 틀어 각자의 집으로 돌아갔어. 우리는 서로 다른 아파트에 살고 있었으니까. 줄곧 그랬어. 그게 우리의 관계에서 만들어져 가고 있는 그 나름의 패턴이라면 패턴이었어.

하트 A_

네가 나를 떠나 버리고 나서는 너 없이도 할 수 있는 일들을 찾아 보려고 들었어. 너를 잊을 수 있을 만큼 재미난 책을 읽는 일, 종일 게임을 하며 바깥에 나가지 않는 일, 밤을 새워가며 공부를 하는 일…. 그렇지만 그 어떤 일도 너의 빈자리를 채울 수는 없는 듯 했어.

그래도 그런대로 네가 없는 현실에 맞춰서 살아가려고 했었을 거야. 아무렇게나 흩어진 카드들처럼 뒤섞이고 엉켜버린 기억의 파편들을 맞춰 나가면서 나름대로, 그 어떤 방식으로든 방법을 찾아 보려고는 했었을 거야. 네가 훗날 그렇게 말도 안 되는 방식으로 내 앞에 다시 나타나지만 않았더라도.

다이아몬드 4_

한번은 네가 내 책을 훔쳐가서 장난을 치는 이상한 꿈을 꾸었어.

"아, 빨리 돌려줘, 빨리 달라고."

나는 웃음 섞인 목소리로 계속 너한테 내 책을 달라고 말했어. 하지만 너는 그럴수록 높이, 더 높이 내 책을 들어 올리며 나를 놀렸지. 그러다가 겨우 너한테서 책을 가져갈 수 있겠다 싶었을 때쯤에, 계속 장난을 치던 네가 갑자기 주저앉아 버렸어.

"에이, 장난치지 말고."

말은 그렇게 했지만 분명 뭔가 이상하다는 걸 느꼈어. 너는 꼭 죽은 사람처럼 그렇게 가만히 주저앉아 움직이지 않고 있었으니까.

"동우야."

나는 불안한 마음이 들어 너의 이름을 소리 내서 불렀어.

대답이 없었어.

"신동우!"

몇 번이고 불러 보더라도 마찬가지였어. 그제서야 나는 너에게 가까이 다가가 너의 안색을 살폈어. 자세히 보니 너는 들릴 듯 말 듯한 소리로 흐느껴 울고 있었지. 그렇게 울고 있던 너는 너이면서도 네가 아닌 것 같았어. 겁에 질린 꼬마처럼 주저앉아 계속 울던 너의 모습은 참 낯설어 보였거든.

무슨 일 때문이냐고 물어보고 싶었어. 그런데 그 말이 목구멍 어딘가에 막히기라도 한 것처럼 나오지를 않았어. 너에게서 어떤 말을 듣더라도 내가 할 수 없는 일이 아무것도 없을 거라는 불안감 때문이었는지도. 결국 내가 할 수 있는 건 울고 있는 너에게 괜찮냐고 계속 물어봐 주는 일뿐이었어.

네가 들고 있던 내 붉은 표지의 책에서는 전에 한번도 맡아보지 못했던 기묘한 냄새가 나기 시작했어. 그 어떠한 말로도 형용하기 어려울 정도로 이상한 냄새였어. 굳이 비유하자면 비가 내리고 난 뒤 땅에서 나는 냄새보다 조금 더 역한 냄새였어. 그런데 그보다도 더 직감적으로 떠오른 표현이 있었어.

'죽음의 냄새.'

죽어가는 사람의 냄새를 한 번도 맡아 본 적이 없었는데도 그런 생각이 들었어. 무거운 냄새가 짙어질수록 죽음 역시

한 발자국씩 더 가까워져 오고 있다는 느낌을 받았어.

그 냄새가 짙어져 갈수록 너의 울음소리는 점점 더 커져만 갔어. 나는 그런 상황에서도 앵무새처럼 너에게 괜찮냐고 반복해서 묻는 수밖에는 없었어. 너에게서 그 어떠한 대답도 들을 수 없으리라는 걸 뻔히 알면서도. 그런 내 스스로가 견디기 괴로워졌을 때쯤에 —

나는 두 눈을 떴어. 그리고 그제야 그 모든 이상한 일이 온통 꿈이었음을 깨달았어.

너무나도 생생한 꿈이었기에 깨어나고 난 뒤의 현실이 오히려 꿈만 같았어. 시간이 조금 지나고 나서야 현실의 너에게까지 생각이 미쳤어. 좀 전의 불길한 꿈이 현실에서의 안 좋은 일을 예견한 것이 아닐까 싶어 걱정이 되었어. 혹시나 하는 마음에서 시작된 걱정이 꼬리에 꼬리를 물고 이어졌어.

다이아몬드 5_

다급한 마음에 아침도 다 먹지 못하고 허겁지겁 학교로 뛰어갔어. 무척 이른 시간인데도 너는 벌써 학교에 와 있었어.

카드로 집을 쌓아 올리고 있었지. 그런데 사실 그 카드 집보다도 더 인상적이었던 건 너의 표정이었어. 너는 마치 내가 올 것을 이미 알고 있기라도 한 것 같은 모습이었거든. 초점 없이 먼 곳을 응시하는 듯한 두 눈 때문에 특히나 더 그래 보였던 것도 같아.

"무슨 일 있어?"

네가 나랑 눈이 마주치고는 물어보았어.

당연한 질문이었는데도 어떻게 대답해야 할지 알 수가 없었어. 너에 대한 이상한 꿈을 꾸었다고 말이라도 했어야 하는 걸까? 아니면 너에게 무슨 일이 일어날지도 몰라 걱정이 된다는 말부터 꺼내야 하는 걸까? 어느 쪽이든 다 이상하게만 들릴 것 같았어. 애초에 그 날 아침에 내가 본능적으로 느꼈던 불안을 어떻게 설명해야 할지부터 알 수 없었어. 이상한 꿈 하나 때문에 그렇게까지 급하게 달려온 이유를 스스로도 납득하기 힘들었거든.

그래서 내가 아침 일찍 깨어나 온 힘을 다해 달려와서 했던 말은 고작 —

"네 옆에 같이 앉아도 돼?"

— 였어. 그 질문에 너는 잠시 나를 쳐다보더니 고개를 끄

덕였어. 내가 옆에 앉거나 말거나 너의 시선은 어차피 그 카드로 만들어진 집에 온통 집중된 듯했어. 나는 그런 너의 모습을 바라보느라 바빴고.

너는 한참이 지나고서야 나에게 다른 무슨 할 말은 없었냐고 내게 물었어.

"아! 응, 뭐, 그렇지. 할 말 있지, 있는데……."

아무리 생각해도 네 눈에 그 날 내 모습은 무척 이상해 보였을 것 같아. 그 날 나 자신도 무슨 말을 하는 건지 알 수가 없었으니까. 나는 그러고 한참을 주저하다가, 마침내는 너에게 무슨 일 없었느냐고 물어보았어.

"별일 없었는데," 너는 심드렁한 말투로 그렇게 대답했어,

"아, 아침부터 속이 좀 안 좋기는 해."

"정말? 지금은 괜찮은 거야?"

"아니, 아직도 안 괜찮아."

"아……."

나도 모르게 안도의 한숨이 나왔어. 마음이 한결 가벼워져서 그랬어. 네 목소리를 곁에서 듣게 되는 것만으로도 위안이 되어서. 내 눈앞에 그렇게나 예쁘게 살아있는 네 모습을 보는 게 너무나도 안심이 되어서 나도 모르게 ―

"다행이다,"
라고, 느닷없는 말을 해 버리고 말았어.
"뭐?"
너는 어이가 없다는 듯 나를 쳐다보았어. 때마침 네가 쌓아 올린 카드로 만든 집도 사르륵 무너져 내리고 난 뒤였어.

클로버 10_

언제부터인가 너는 편의점에서 아르바이트를 하게 되었어. 그때부터 너는 학교 이야기보다도 편의점 알바에 대한 얘기를 더 많이 하게 되었지. 나는 그렇게 네가 편의점에서 한 시간에 돈을 얼마나 받는지, 그 돈을 얼마나 네가 악착같이 모으고 있는지, 그리고 앞으로 그 돈이 너희 생활에 얼마나 보탬이 될 수 있는지에 대한 이런저런 이야기를 듣고는 했어.

너는 특히나 네가 하루에 식비를 얼마나 아낄 수 있는지에 대한 이야기를 하는 데에 엄청 열심이었어. 너는 편의점에서 유통기한이 지난 폐기 식품을 다 공짜로 먹을 수 있다고 내게 자랑을 하고는 했었지. 네가 눈을 반짝이면서 그게 얼마나 "개이득"인지를 얘기하던 모습이 나는 아직도 눈에 선해. 그렇게 하루에 밥값을 얼마나 아낄 수 있었는지를 구구절절 설명하며 계산하고는 했었지. 그 와중에 계산이 약한 너는 그런 밥값 계산을 하면서도 꼭 한 번씩은 숫자를 틀리고는 했고, 나는 그런 너를 또 놀리는 걸 좋아했었어.

그 날 이후로 너는 내 사물함이나 책상 서랍 안에 편의점에서 가져온 음료수나 삼각김밥 같은 걸 종종 넣어놓고는 했었어. 그 역시도 우리 사이에 만들어지는 새로운 패턴이라면 패턴이었지.

클로버 3_

"이건 그냥 내 개인적인 하소연 같은 거니까 그렇게 귀 기울여 듣지 않아도 돼."

너는 한숨을 푹 내쉬더니 그렇게 말했어. 하지만 그 말이 도리어 나의 청개구리 심리를 발동시켰는지, 나는 오히려 귀를 더 쫑긋 세우게 되었어.

"정말이지 앞으로 어떻게 살아야 할지 감이 안 와."

"응?"

나는 생각지도 못한 말에 되물어 보았어.

"앞으로 대학에 갈 수 있을지 잘 모르겠어. 애초에 부모님

돈 들여가면서까지 학교를 가야 하는 지도 잘은 모르겠고."
네가 나한테 그런 말을 한 게 처음은 아니었어. 너는 대학에 대한 얘기 말고도 인생에 대한 고민이 많아 보였으니까. 때때로 너는 그보다도 한참 먼 미래의 얘기를 꺼내기도 했어. 제대로 된 부모가 될 자신이 없다느니, 결혼을 할 자신이 없다느니 하는. 무슨 주제로 얘기를 시작하든지 너의 결말은 매번 같았지만 말이야.
"그러니까 돈을 많이 벌어야 돼."
애초에 그 얘기를 뭐 하러 꺼냈는지 모를 정도로 한결 같은 결론이었지. 결국 그 날도 비슷한 결론으로 이야기가 끝났던 것도 같아.

그런데 그 날은 내가 너에게 물어 보았어,
"너한테는 돈이 그렇게 중요해?"
"중요하지, 그럼."
"하지만 이 세상에는 돈 말고도 중요한 게 많잖아. 명예나 행복이나……."
"그렇지. 그런데 돈이 있으면 그걸 다 살 수 있지."
"아,"
나는 그 명쾌하리만큼 간단한 답변에 더 할 말을 잃고 말았어.

"그러는 너는? 너라면 돈이랑 명예 중에 하나를 택할 수 있다면 뭘 고를 건데?"

"나? 나라면 당연히 명예를 고르지."

"당연히? 어떻게 그게 당연히 그래?"

"내가 지금 돈을 골라서 뭐하게. 당장에 굶어 죽을 지경이라면 모를까."

"아니지, 그런데 너도 학생이잖아. 부모님 돈 말고 진짜 네 돈은 없을 거잖아."

"그런가?"

"당연히 그렇지,"

너는 무슨 당연한 소리를 하냐는 듯한 말투로 그렇게 대꾸하고서는 말을 이어갔어,

"전에 그리스 로마 신화 이야기에서 그런 이야기가 있었는데…… 그, 누구였더라? 오이디푸스였나? 전쟁에서 엄청난 명예를 얻게 되거나, 아니면 명예는 없지만 오래 평온한 삶을 살게 될 거라는 예언을 받은 인물이 있었대."

"그럼 그건 오이디푸스는 확실히 아니지. 오이디푸스의 예언은 자기 아빠를 죽이고 엄마랑 같이 자게 된다는 거였잖아."

"아, 그럼 아킬레우스인가? 뭐, 아무튼, 그런 예언이 있었

다는데,"
 너는 그런 이름 따위는 아무래도 상관이 없다는 듯이 손을 휘휘 내젓고는 말했어,
 "나는 그랬다면 그냥 평범하게 살고 싶다고 했을 거야."

클로버 6_

 너를 만나면서 달라진 점 중 하나는 내가 자꾸만 거울 속 내 얼굴을 들여다보게 되었다는 것이었어. 나는 거울 앞에서 최대한 예쁜 표정을 지어 보려고 노력하고는 했어. 볼을 양쪽 손가락으로 꾹 눌러 보기도 하고, 괜히 한쪽 눈을 감아 가며 윙크를 해보기도 했지. 귀여운 표정, 예쁜 표정, 사랑스러운 표정 … 온갖 표정과 자세를 다 취해보며 내 얼굴에서 최대한 예쁜 구석을 찾아내려고 애썼어. 어느 각도에서, 어떤 표정을 지어 보여야 너한테 가장 예뻐 보일지를 자꾸만 고민하게 되었으니까. 그런데 그러면 그럴수록 내 얼굴에서 고치고 싶은 부분들도 점점 늘어만 갔어. 밋밋한 얼굴에 화장이라도 하면 조금 더 낫지 않을지, 눈도 좀 더 크게 키우면 어떨지를 계속 고민해 보게 되었지.

 그런데 너 역시도 네 얼굴에 고치고 싶어 하는 부분들이 많

다고 그랬어. 그래서 너는 매일 아침마다 화장을 하고는 한다고 내게 말했었어.

"엥? 진짜?"

나는 그 말을 처음 들었을 때에 무척 놀라서 되물어 보았어.

"몰랐어? 티 많이 날 텐데."

"전혀! 네가 말 안 해줬으면 아예 몰랐을 거야."

나는 정말로 네가 네 얼굴의 이런 저런 부분들을 가리키며 자세히 설명을 해 주었을 때에도 이해가 가지를 않았어. 내 눈에 그렇게 완벽해 보이는 너에게 부족한 부분이 있다는 것 자체가 상상이 잘 되지를 않았거든.

"나야말로 내 얼굴 완전 마음에 안 드는데," 내가 너에게 투덜거리며 말했어,

"내 언니는 나보다 훨씬 예쁘거든."

"네 언니?"

"응. 아, 저번에 한 번 사진도 보여주지 않았어?"

"전에 가족사진 보여줬을 때?"

"어, 맞아, 맞아!"

"예쁘다고? 하나도 모르겠던데."

"그때 제대로 본 거 맞아? 너 말고는 다들 예쁘다고 난리인데."

"다들 난리는 무슨… 내 눈에는 완전 다 못생겨 보여."

"너는 무슨 말을…! 애초에 네 눈에 안 못생긴 여자가 있기는 해?"

"우리 엄마한테는 그런 말 안 해."

"인간적으로 너희 엄마는 제외해야지……."

"그리고 너 있잖아."

"야, 아니거든, 맨날 나 놀려 먹기나 하면서."

나는 그렇게 말하고는 겸연쩍은 마음에 화제를 돌렸어,

"아무튼 간에 나는 우리 언니하고는 별로 안 닮았다는 얘기를 자주 들어. 아마 내가 아빠를 더 많이 닮아서 그런가 봐. 내 언니는 엄마를 많이 닮았는데… 아, 그러고 보니까 우리 부모님을 직접 뵌 적은 없겠구나?"

"학교 오셨을 때 멀리서 한 번? 그런데 그때도 얼굴은 자세히는 못 봤었지."

"아, 그래? 그러고 보니까 나도 너희 부모님은 뵌 적이 없긴 하다. 너는 누구를 더 많이 닮은 거야?"

"내가 엄마랑 아빠 중에 누구를 더 많이 닮았냐고?"

"응. 갑자기 궁금해졌어."

너는 잠시 고민을 하는 듯 턱을 괴더니 말했어,

"아, 나는 돌연변이야."

"에이, 그런 말도 안 되는 소리 하지 말고!"

"그게 왜 말이 안 돼? 생물 시간에 못 들었어?"
"참나 진짜 어이가 없어서."
다시 생각해봐도 그런 질문에 그런 대답을 하는 건 너 하나일 거야.

스페이드 K_

"어렸을 때는 되게 힘들었어. 우리 가족이 그런 게 다 나 때문인 것만 같았거든,"
편의점을 지키고 있던 너는 한동안 가만히 내버려 두는가 싶던 손톱을 딱딱 깨물며 말했어,
"그런데 웃긴 건 계속 상황이 그러니까 금방 익숙해지더라고. 그렇다고 내가 마냥 괜찮았던 건 또 아니긴 한데… 그냥… 뭔가 무덤덤해졌어."
"체념 같은 거야?"
"글쎄…? 그런데 어떤 의미에서는 그래. 그냥 어쩌면 영원히 이럴 수도 있겠다, 싶은 생각이 들더라고."
너는 담담한 어투로 그렇게 말했어. 나는 그런 너를 다독여줘야 할지, 안아주기라도 해야 할지 머릿속으로 몇 번이고 고민했어. 그런 고민을 하던 와중에 너는 이렇게 말했어,
"때로는 내가 이렇게 살아 있는 게 무슨 소용인가 싶을 때

가 있어."

"그렇게 말하지 마. 너를 좋아하는 사람들이 그 말 들으면 섭섭해할 거야."

"나를 좋아해 주는 사람이 있기는 할까?"

당연하지, 라고 말해주고 싶었어. 너를 좋아하는 사람이 최소 이 세상에 한 명은 있다는 걸 다른 사람은 몰라도 나는 확신했으니까. 내가 한 치 의심의 여지도 없이 너를 좋아하잖아.

하지만 그 말은 차마 입 밖으로 내뱉을 수가 없는 말이었었지.

"자, 여기,"

대신에 나는 편의점에서 구매한 캔음료를 네 손에 쥐어주었어.

"이거 너 사는 거 아니었어?"

네가 어리둥절한 표정으로 나에게 되물어 보았지.

"아니, 이 날씨에 너 추울까봐."

"아, 고마워."

감정 하나 섞이지 않은 의례적인 말투로 너는 말했어. 그리고 그만큼이나 기계적인 손길로 캔을 따더니 나한테 이렇게 말했어,

"그런데 두 번 다시는 이러지 마."

"왜?"

"이미 너한테는 충분히 빚진 기분이란 말이야."

나는 네가 왜 그런 말을 하느냐고 구태여 묻지 않았어. 어차피 무슨 말을 하더라도 제대로 된 대답을 기대하기 어려울 거라는 걸 알고 있었어. 그게 우리 사이에 생겨나게 된 암묵적인 합의 같은 거였지.

하트 5_

"진아야, 너 나한테 시집와라."

그해 봄에만 해도 너는 내게 그런 말을 하고는 했었는데.

"무슨 소리야, 갑자기?"

나는 그렇게 최대한 심드렁하게 네 말에 반응했었고.

"이 대사는 별로야? 음, 그럼, 바나나 먹으면 나한테 반하나?"

"야, 그건 진짜 무리수," 내가 씰룩거리는 입꼬리를 숨기며 말했어, "그게 언제적 개그야."

"아니, 진짜로. 바나나는 없어도 바나나 우유는 가져 왔는데."

그렇게 말하고 너는 정말로 매점에서 사 온 바나나 우유를 내게 내밀었어.

"됐어. 그냥 너 먹어."

"아이, 진짜. 그러지 말고,"

너는 잔뜩 삐졌다는 듯이 입술을 삐죽거리더니 내 옆으로 다가와서 속삭였어,

"나 말고 누가 너를 데려가는데?"

"누가 데려가긴! 내가 알아서 잘 살 거야."

나는 괜히 마음을 숨기려고 그렇게 더 큰소리를 쳤어. 너는 내 마음을 아는지 모르는지, 메롱, 하면서 혀를 날름거리고는 가 버렸지. 끝까지 나를 바보라고 놀리면서 말이야.

너한테는 그런 모든 말들이 다 참 쉽게 느껴졌어. 나를 좋아한다든가, 내가 예뻐 보인다든가 하는 말도. 심지어 사랑한다는 말까지도. 너는 별 다르지 않은 대화를 나눌 때조차도 말 끝에,

"사랑해, 알지?"

라고 종종 덧붙이고는 했어. 그런 말을 무슨 아침 인사 하듯이 하는 네가 어떤 의미에서는 참 대단하다 싶었어. 그런데 다른 한편으로는 장난스럽게 넘겨서는 안 될 말들을 쉽게 툭툭 내뱉는 듯한 네가 참 싫었어. 정말 진심에서 하는 말인 걸지 아니면 그냥 나를 놀리려고 그런 소리를 하는 것일지 줄곧 고민하게 만들었으니까.

이를테면 너는 이따금 나를 장난스레 껴안는다던가 했었지. 나는 그런 네 행동이 당황스럽기도 하고, 한편으로는 설레기도 해서 어떻게 반응해야 할지를 알 수가 없었어. 가만히 있자니 내 마음을 들킬 것만 같아서 괜히 싫은 척 뿌리쳐 보기도 했어. 그런데 사실 그마저도 쉽지는 않았어. 내 몸을 감싸고 도는 너의 손길이 너무 좋아서 좀처럼 뿌리칠 마음이 들지를 않았거든.

그리고 네가 느닷없이 내 머리를 쓰다듬는 일은 또 어떻게 받아들여야 했던 걸까? 그건 역시 "그린라이트"였던 걸까? 하지만 그 어느 하나 로맨틱한 행동이라고 하기에는 너무 별일 아닌 상황들이었잖아. 멜로 영화나 드라마에서처럼 달콤한 느낌도 아니었으니까. 딱히 애정을 실어서 내 머리를 천천히, 정성껏 쓰다듬어 준 느낌도 아니었어. 더 정확히는 내 머리를 헝클어트리는 데에 가까웠지. 내가 무슨 한 마리 강아지라도 되는 것처럼.

어찌 되었든 간에 내가 궁금했던 건 대체 네가 왜 그런 행동을 하느냐는 것이었어. 정말 나를 좋아해서? 아니면 사실 별생각 없이? 아니, 그런데 애초에 별 마음도 없이 그런 행동을 하는 게 가능하기는 해?

그렇게 꼬리에 꼬리를 물고 이어지는 생각을 하던 중에 한 번은 우연히 네가 다른 친구들이랑 나누던 대화를 엿듣게 되어 버렸지 뭐야.

"에이, 야, 이 새끼는 보나 마나 뻔하지,"

내가 그대로 지나가려던 찰나에, 남자애들 중 하나가 너한테 물어 보았어.

"너 백진아 좋아하지?"

그 말을 듣는 순간 심장이 쿵 떨어지는 줄만 알았어. 나는 중대한 판결문을 앞둔 피고처럼 초조하게 너의 그다음 말을 기다렸지. 시간이 얼어붙기라도 한 것처럼 일 분 일 초가 길게 느껴지는 순간이었지.

그런데 아무리 기다려도 너의 대답은 들리지를 않더라. 숨죽인 듯 가만히 너의 말만을 기다리는 동안 이상하리만큼 오랜 침묵만이 흘렀어. 그 자리에 있던 다른 누가 입을 열어 그 어색한 분위기를 깨기 전까지 내가 그 날 들었던 너의 반응은 긍정도 부정도 아닌 그저 침묵 뿐이었어.

스페이드 7_

급기야 나는 내가 궁금해하는 질문에 대한 대답을 쥐고 있을 유일한 사람인 너를 찾아가기로 했어. 그렇다고 이제는 고전적이다 못해 식상한 멘트가 되어 버린 "우리 대체 무슨 사이야?" 스킬을 구사하고 싶지는 않았으니 그보다는 아주 조금은 덜 식상한 질문을 하기로 했지.

"너는 이상형이 뭐야?"

"아담한 체형에 귀여운 여자."

너는 별다른 고민도 없이 바로 대답했어.

"오호."

"머리는 어깨 길이까지 오고… 또 표정이 얼굴에 훤히 다 드러날 만큼 순진했으면 좋겠다."

그 말을 들으면서 내 표정을 숨기기도 쉽지는 않았어. 기분 탓인지는 몰라도, 네가 말하는 그 사람이 왠지 너무 익숙하게 느껴졌으니까.

"참, 그리고 중요한 게 하나 더 있어," 네가 덧붙였어, "나를 두고 떠나지 않을 사람."

"그건 이상형이라고 하기에는 좀 그렇지 않아? 좋아하는 사람이 떠나지 않기를 바라는 건 당연하잖아."

"순서가 달라. 나는 애초에 나를 떠날 사람을 처음부터 좋아하지 않을 거거든."

"누가 너를 안 떠난다는 보장이 어디 있어? 네 말대로라면 너는 아무도 못 만나겠다."

"그래? 그럼 그냥 나 혼자 살지, 뭐."

"희한한 성격이네."

"그건 너도 만만치 않아."

"아, 그래, 그건 인정."

"그래서 너는 내 이상형이 궁금해서 물어보러 온 거야?"

"아니, 아니," 나는 그제서야 이미 한참 삐죽 튀어나온 내 마음을 숨기려 다급하게 고개를 저었어, "아, 아무튼 그래서, 앞으로 연애는 안 할 생각이야? 뭐, 향후 5년 내에라도?"

"그걸 네가 알아서 뭐하게?"

결국 너에게 물어봐도 별다른 소득을 얻지는 못했어. 네가 무슨 생각을 하고 있는지 제아무리 생각을 해 본다 한들 결론은 늘 매한가지였어. 너의 마음속은 어차피 너 자신밖에는 알 수 없다는 것. 그래서 나는 언젠가부터 생각하는 일을 그만두고 상황을 납득하게 되었어. 너는 원래 그런 놈이다, 이유는 알 수 없지만 원래부터 그런 놈이다, 라고 별 고민 없이 받아들이기로 했어.

다이아몬드 7_

그러다가 누군가가 내 사물함에 빨간색으로 휘갈겨 놓은 글씨를 마주해 버린 거야.

'죽어라.'

그걸 보고서는 그 자리에서 얼어붙어 버렸어. 알록달록한 비눗방울 같던 환상들이 하나둘 터지는 소리가 양쪽 귀에서 들리는 것만 같았어. 내가 원래 있어야 할 자리에 그대로 돌아왔을 뿐이라는 걸 상기시켜 주는 듯한 소리였겠지. 너를 만나고 나서 다른 사람이 된 줄로만 착각하고 있던 나 자신이 싫어졌어. 나는 예전과 하나 다르지 않은 모습 그대로였는데 말이야. 그 누구라도 나를 해칠 수 있다는 막연한 두려움에 벌벌 떠는 모습 그대로. 네가 절대 몰랐으면 하는 가장 초라한 모습 그대로.

그런 초라한 모습을 너에게는 들키고 싶지 않았어. 내가 겉으로 보이는 것보다도 한참 더 별로인 사람이라는 걸 특히나 내가 좋아하는 너에게만큼은 숨기고 싶었어. 세상 사람들 모두가 나를 다 미워한대도 너만큼은 나를 미워하지 않기를 바랐어. 그래서 너한테는 매번 괜찮다고 둘러대려고만 했어. 나의 그 '괜찮다'는 거짓말에 네가 속아주기를 바랐어.

하지만 너는 내가 하는 그 뻔한 거짓말을 금세 알아채고는 했지. 너는 그게 내가 무척이나 알기 쉬운 사람이기 때문이라고 했어. 내가 뒤에 무엇이 있을지 훤히 보이는 기름종이만큼이나 표정을 잘 숨기지 못한다고 그랬어. 걱정되는 일이 있으면 온종일 얼굴에 먹구름이 드리운 것만 같다고, 오히려 그런 표정을 짓고 있으면서 아무 말도 해주지 않는 내가 괘씸하게까지 느껴진다고 너는 말하고는 했어. 그래서 나도 꽤 집요한 거짓말쟁이였지만 너까지 완벽하게 속일 수는 없었어. 진실을 말해주지 않으면 떼를 쓰고, 꼬집고, 간지럼을 태우겠다고 협박하는 너를 누가 말릴 수 있기나 했을까.

그날 내가 사물함에 쓰인 글씨를 발견하고 난 뒤에도 그랬어. 어떻게든 나의 근심을 숨겨보려고 했지만 두 손 두 발 다 들게 하는 너의 집요함에는 당해낼 수가 없었지. 그렇지만 그렇다고 해서 너에게 사실 그대로 다 털어놓을 수도 없었어. 그런데 별다른 대꾸 없이 나를 가만히 지켜보는 너의 침묵은 그보다도 더 싫었기 때문에 무슨 말이라도 해야겠지 싶었을 뿐이야.

"진짜 별 건 아닌데."

너는 그 말을 곧이곧대로 믿지 않는 눈치였어.

그래서 나는 조금 더 털어놓는 수밖에는 없었지.

"요즘 들어서 그냥 무서워… 그래, 무서운 것 같아."

그게 내가 너에게 말해줄 수 있는 한 가장 진실과 가까운 말이었어.

너도 그제서야 나한테서 합당한 대답을 들었다고 생각했는지 물어보았어,

"뭐가 그렇게 무서운데?"

"그냥… 그냥 되게 무섭고 그래," 나는 앞에 했던 말을 도돌이표처럼 되풀이하듯이 말했어, "그냥 엄청나게 외롭고 무서워. 앞으로 무슨 일이 벌어질 것만 같고. 마치 나 혼자만 이 세상에 맞서 싸우고 있는 것처럼."

나는 그렇게 말하는 와중에도 너의 눈치를 살폈어. 그런데 너의 표정에서는 별다른 변화를 읽어내기가 어려웠어.

"역시 내가 이상한가? 나 혼자서만 괜히…."

"그건 누구나 다 조금씩은 그렇지 않을까?"

한동안 말이 없던 네가 진지한 어투로 그렇게 내게 말했어,

"네가 하고 있는 것과 같은 고민들은 누구나 조금씩 하고 있을걸."

"그런가?"

"그래. 그러니까 그렇게 매번 혼자라고 생각할 필요 없어. 그게 비단 너 하나만의 문제는 아닐 테니까."

그 말을 듣고 나서 놀란 내 표정이 훤히 보였을지도 모르겠어. 그런 말을 처음 들어본 사람마냥 촌스럽게 화들짝 놀란 표정을 지어 보이고 싶지는 않아서 괜히,

"말했잖아, 별일 아니었다고,"

라고 투덜거리며 어떻게든 그 표정을 숨겨 보려고는 했었는데도.

나는 이제까지 그런 고민을 하고 있던 게 나 혼자인 줄로만 알았거든. 내 주변에 다른 사람들도 나와 별다르지 않은 저마다의 고민을 하고 살아갈지도 모른다는 생각 자체를 아예 해본 적이 없었어. 그래서 네가 무심코 했을지도 모를 그 말이 나에게는 그날따라 무척이나 크게 느껴졌었어. 실은 아직도 가끔씩은 네가 유독 그리워지는 날에 내 기억 속에서 그 말을 꺼내어 보고는 해.

"그게 비단 너만의 문제는 아닐 거야."

그 말은 지금까지도 내게 큰 위로가 되어 주거든. 한때 너의 존재가 나한테 그랬던 것처럼.

너는 그 외에도 내게 위안이 될 만한 말을 많이 해 주고는 했어. 네가 나랑 크게 다르지 않다고 무심하게 얘기해 준 것도 너였어. 나를 만나기 전까지만 해도 너는 혼자 외롭게 살고 있었다고 했어. 그 누구도 옆에 두지 않으려고 했던 시절이 너에게도 있었다고 말했어.

그때 그 얘기를 다 들었던 나는 너에게 물어보았어.

"그때 힘들지 않았어?"

"아니, 별로."

너는 곧바로 딱 잘라서 대답했어. 그렇게 쉽게 대답하지만 않았더라도 그 말을 의심하지는 않았을 거야. 그런데 아무도 곁에 없는 것만 같은 외로운 시간을 견디는 일이 그렇게 쉬웠을 리가 없잖아. 적어도 내 경험상으로는 그건 그렇게 아무렇지 않게 말할 수 있는 일이 아니었어. 말로는 초연해졌다고 해도, 괜찮아졌다고 말해도 결코 그렇게 쉽게 괜찮아질 수도 초연해질 수도 없는 문제였어.

물론 거짓말이 아니라 너한테는 정말로 과거의 일들이 그렇게나 무뎌진 걸지도 모르겠어. 아픔조차 남아 있지 않게 되었을 만큼. 하지만 그 또한 네가 그런 말을 할 수 있을만큼 더 오랜 시간을 견뎌냈기 때문인지도 몰랐어. 그러니까 그 시간이 하나도 힘들지 않았다는 건 아무리 생각해도 거짓말인것 같았어.

어쩌면 그건 내가 너를 통해 나 자신을 비춰 보고 있었기 때문이었는지도 몰라. 그래서 전혀 힘들지 않았다는 너의 말 속에서도 나는 괜찮음 대신에 너의 공허함을 그렇게나 파고 들고 싶어 했던 걸지도. 네가 나에게 다 설명해주지 않은 너의 그 시절에 대해 더 자세히 알고 싶어졌어.

하트 4_

나는 한때 너한테 한참 작아져 버린 신발을 끝까지 신겠다고 고집을 부렸던 일에 대해 이야기를 한 적이 있었어. 내가 한때 그 신발을 얼마나 좋아했었는지를 생각해 보면 좀처럼 버릴 수가 없었기 때문에 그랬다고 했어. 발에 흉터까지 심하게 날 정도로 신발을 억지로 신고 돌아다녀서 나중에 그 신발을 벗어버릴 때에는 도리어 홀가분한 기분까지 들었다고 했었지.

너는 내 말을 다 듣더니 웃으면서 이렇게 말했어,

"되게 너답다."

"응? 뭐가?"

"왠지 내가 아는 너는 정말 그랬을 것 같다고."

"그게 무슨 뜻이야?"

너는 대답 대신에 이유 모를 미소만을 지어 보일 뿐이었어. 그런데 한편으로는 나도 그 일이 참 "나답다"는 네 말이 무슨 뜻인지 너의 설명 없이도 알 것 같았어. 나는 고등학교에 와서도 매일 같은 시간에 매점을 가고, 매일 똑같은 멜론빵을 사 먹고, 매일 같은 노래를 몇 십번, 몇 백번씩 듣고는 하는 사람이었으니까.

너는 그런 내게 자주 물어 보았어,

"질리지도 않아?"

그 때마다 내 답은 늘 한결 같았지.

"아예 모르는 걸 시도하는 것보다는 훨씬 낫잖아."

"그래도. 지겹지도 않나?"

나는 잠시 그 말에 대해 고민해 보다가 말했어,

"지겨워졌다는 걸 인정하고 싶지 않은 것일 수도 있지. 그건 그만큼 내가 달라졌다는 뜻이 될 테니까."

그런 나에게 매일 조금씩 다른 행동을, 다른 말을 하게 만드는 너는 정말이지 대단한 변수였어. 너와 일상을 함께 한다는 건 예측 불가능한 일들로 삶을 가득 채우는, 정말이지 놀라운 경험이었어.

스페이드 8_

너는 매번 이름 모를 어떤 노래를 혼자서 흥얼거리며 부르고는 했었어. '미모가 나의 무기'였나 뭐라나 하는 그런 가사의 노래였던 걸로 기억해. 제목이 도무지 기억이 나지는 않지만.

미모가 무기가 될 정도인지는 몰라도 너는 진짜 웬만한 여자만큼 예쁘기는 했어. 그러니까 네가 본인처럼 예쁜 남자를 본 적 있느냐고 다소 뻔뻔하게 물어보았더라도 어느 정도는 수긍할 수 밖에 없었을 것 같아.

나는 너를 만나기 전까지 '예쁘다'는 건 보통 여자들에게나 어울리는 말인 줄로만 알았었어. 그런데 너를 만나고 나서부터는 생각이 달라졌어. 정말이지 너에게는 '예쁘다'는 말만큼 잘 어울리는 말이 없어 보였으니까. '잘생겼다'는 말마저도 너에게는 한참 역부족이었어. 네가 잘생기지 않아서가 아니라 그 말이 너의 외면에 한정된 표현 같이 느껴져서였어. 그에 반해 '예쁘다'는 너의 외면과 내면 모두를 더 잘

아우르는 말 같이 느껴졌거든.

생각해 보면 그 '예쁘다'는 말은 전적으로 그 말하는 이의 시선에 달려 있는 표현이잖아. 그 주관성 때문에 그 말에는 필연적으로 애정이 담겨 있지 않나 싶어. 우리가 흔히들 사랑하는 자식을 '예쁜 내 새끼'라고 부르는 것도 비슷한 맥락이지 않을까? 그런 의미에서 '예쁨 받는다'는 말은 '아낌 받는다'는 말, 또는 '사랑받는다'는 말의 동의어 같이 느껴지기도 해. 여자들이 그들의 애인한테서 예뻐 보인다는 말을 듣고 싶어하는 데에도 사실 그런 이유가 포함되어 있는 건 아닐까 싶었어.

내 눈에 참 예뻤어, 나한테 사랑 받는 너도. 네 얼굴 위에 난 주근깨도, 가을 단풍처럼 짓든 붉은 홍조도, 너의 긴 속눈썹도, 매력적인 콧잔등도 … 너의 눈썹부터 너의 입술까지 이름 붙일 수 있는 모든 부분 하나하나가 다 예뻤어. 그 예쁘다는 말이 한 시도 아깝지 않게 느껴질 만큼 그랬어. 그나마 그 예쁨에 굳이 예외를 찾자면 너의 손톱뿐이었을 거야. 너는 좀처럼 네 손을 가만 내버려 둔 적이 별로 없을 정도로 손톱을 자주 물어뜯고는 했으니까. 그래서 네 손톱은 매번 날짐승이 갉아 먹은 듯한 모양이 되고는 했었지. 물론 그마저도 내 눈에야 사랑스럽게만 보였지만.

너는 뭐든 다 예뻤지만 특히나 웃는 모습이 제일 예뻤어. 아쉽게도 너는 평상시에 웃는 법이 잘 없기는 했지. 그래도 종종 나랑 눈이 마주칠 때면 환한 미소를 지어 보이고는 했어. 그리고 다른 누구의 안 좋은 소식에 대해 들었을 때에는 '남의 불행은 나의 행복이지' 따위의 말을 하면서 또 예쁘게 웃었지. 심지어 그럴 때는 평상시에 지어 보이던 미소보다도 더 환하게 웃는 것도 같았어. 그런데 너의 그런 은근히 사악한 면모마저도 귀여웠어. 몇 번을 보더라도 질리지를 않을 것 같았어.

또 네가 잠이 들었을 때는 어떻고. 너는 초저녁부터 졸린 모습이 눈에 선할 정도로 잠이 많았었잖아. 그렇게 쉽게 졸고는 하는 너의 모습은 또 어찌나 예쁘던지 어떨 때에는 그게 너의 웃는 모습보다도 더 좋았어. 졸릴 때의 너는 억지로 다른 표정으로 너를 감추려고 들지도 않았으니까. 그래서 그런지 무방비 상태에 놓인 너에게서 평상시의 다소 차갑고 어른스러워 보이던 모습은 찾아보기 어려웠어. 잠이 들어 있을 때면 너는 골골거리는 소리를 내며 자고 있는 앳된 소년에 지나지 않아 보였어. 톡 건드리기만 하면 펑 터져 버릴 것처럼 불안정해 보였어. 그런 너를 보고 있을 때마다 꼬옥 안아주고 싶은 마음을 견디기가 힘들었어. 아, 그건 네가 자고 있을 때나 깨어 있었을 때나 매한가지이기는 했지만 말이야. 매 순간 너를 끌어안고 싶어서, 또 너한테 끌어안겨 있고 싶어서 미칠 것만 같았어.

클로버 9_

네가 로맨틱하고 달콤한 긴 대사를 귓가에 속삭일 사람이 못 된다는 것쯤은 나도 알고 있었어. 너는 "사랑해"라는 말마저도 지나가는 농담처럼 툭 내뱉을 사람이었으니까. 하지만 그런 너의 방식 하나하나가 좋았어. 학교에 가지 않는 날에도 종종 연락을 해오던 너도, 나와 시답지 않은 농담을 나누는 너도 다 좋았어. 한참을 전화로 수다를 떨어 놓고도 끊기 전에 꼭,

"진아야."

하고 내 이름을 다시 부르는 네가 좋았어. 내가 "응?"하고 다시 물어보면 잠시 머뭇거리다가,

"보고 싶어."

라고 속삭이던 너는 더더욱.

처음에 그 말을 들었을 때에는 한참을 그 자리에서 멍하니 서 있었지 뭐야.

"저기, 여보세요? 네가 그렇게 아무 말도 안 하니까 나 조금 민망해지는데."

"에이, 어차피 우리 또 볼 건데, 뭘."

너는 몰랐을 거야. 내가 말은 그렇게 했어도 그 기습 공격에 얼굴이 얼마나 화끈 달아올랐었는지.

통화를 마치고도 나는 너의 그 말을 계속 떠올렸어. "보고 싶어"라니, "보고 싶어"라니! 이제껏 누군가 내게 해줄 거라고는 생각조차 해 보지 못한 그 말을 너에게서 듣게 되다니, 너무 감격스러워서 숨쉬기조차 버거울 지경이었어. 나는 침대 위로 껑충 뛰어올라 꺄아아 소리를 지르면서 얼굴을 베개에 파묻었어. 언제부터 그 "보고 싶어"라는 그 네 글자 말이 그렇게 듣고 또 들어도 좋을 것 같은 그런 말이었나 싶어서.

너는 참 여러모로 사람 미치게 하는 재주가 있었어. 네가 내 본능에도 얼마나 자주 불을 붙이고는 했는지 모르지. 나는 너의 입술에, 양쪽 볼에, 너의 가슴에, 너의 허벅지에 …

내 눈에 보이는 너의 몸 모든 구석구석에 입을 맞추고 싶어 안달이 나고는 했었어. 그리고는 밤새도록 귓가에 사랑을 속삭여주고 싶었어. 할 말이 더 남아나지를 않을 정도로 너에게 속삭이고 또 속삭여주고 싶었어. 더 이상 사랑해 줄 곳이 남아나지 않을 정도로 너를 사랑하고 또 사랑해주고 싶었어.

그러다 보면 우리는 서로 눈이 마주쳤을 거야. 나는 사막 여우 같이 생긴 너의 예쁜 눈동자를 뚫어져라 쳐다보았겠지. 그러면 나는 또 어딘가 슬퍼 보이는 너의 두 눈이 간직한 이야기를 듣고 싶어서 안달이 나고는 했었을 거야. 그렇게 나는 너에게 빠져들었듯이 너의 눈동자에 빠져들고 말았겠지. 우리는 그렇게 한참 동안 바라보고 있게 되었을 거야. 서로가 서로를 아주 한없이 오랫동안. 그럼 너의 눈동자에는 내가, 나의 눈동자에는 네가 아주 오랜 시간 동안 비춰 보이게 되었을 거야.

사실 우리는 매번 서로를 볼 때마다 그렇게 서로의 눈동자 속에 비친 자신의 모습도 같이 들여다보고 있었을 거야. 우리는 이미 아주 오래 전부터 그런 식으로 계속 서로의 눈동자 안에서 살아가고 있었던 것일 거야. 대개는 그 사실을 인지하지 못하고 넘어갔을 뿐.

하트 7_

"너 진짜 오늘 수업 들을 거야?"

"그러면 수업을 듣지, 뭐 어떻게 해?"

"나랑 같이 나가자."

"나가자고? 어딜? 뭐, 수업 빠지려고?"

너는 당연한 소리를 한다는 듯이 고개를 끄덕였어.

"애초에 그게 가능하긴 해? 들키면 어쩌려고? 그럼 큰일 나잖아."

"안 들키면 되지."

"아이, 진짜……."

"만에 하나 걸리더라도 괜찮아. 무슨 일이 생겨서 그랬다고 둘러대지, 뭐."

나는 그 말에 마음이 흔들렸어. 물론 나도 수업을 듣는 것보다야 너랑 노는 게 더 좋기는 했으니까. 다만 한편으로는 내 마음속에 남아 있는 일말의 양심이 나를 붙잡고 놓아주지를 않고 있었어.

"정 내키지 않으면 수업 듣던가," 네가 쩔쩔매고 있던 내게 말했어, "참고로 나는 혼자서라도 수업 쨀 거야."

"아, 아니야, 야, 잠깐만."

내가 다급하게 너를 붙잡고서 말했어,

"알았어, 나도 같이 갈래."

"그래, 진작에 그랬어야지."

네가 내게 환하게 웃어 보이며 말했어. 그리고는 내 손을 잡아끌면서 소리쳤지,

"애기야 가자!"

"너 대체 그런 말은 어디서 배웠어!"

너는 뭐가 그리 신났는지 연신 싱글벙글이었어. 사실 나도 걱정되는 마음보다는 기대되는 마음이 더 크기는 했어. 교실에 앉아 있어야 할 시간에 밖에 나와 있는 일은 평소라면 상상하지도 못했을 짜릿한 일탈이 분명하잖아.

그렇게 우리는 친구들이 공부하고 있을 시간에 학교 건물 밖으로 나왔어. 마치 학교에 다니지 않는 사람들처럼 버스에 탑승했어. 별다를 바 없는 거리를 걷기도 하고 작은 가게들에 들어가서 물건을 구경하기도 했지. 점점 수업을 빼먹는 일이 늘어나면서 추억도 더 많이 쌓여 갔어. 그렇게 매번 운 좋게 완전 범죄에 성공하기만 했더라면 더 재미난 일들도 많이 할 수 있었겠지. 그런데 결국 나중에는 한 번 제대

로 걸려서 선생님한테 호되게 혼났던 걸로 기억나. 몇 분여간 복도에서 벌을 서고 난 다음 구구절절한 반성문을 하나 쓰고 나서 겨우겨우 풀려났던가. 돌이켜 보면 그마저도 너와 함께라서 즐거웠던 추억이었지만 말이야.

하트 2_

 나는 너 말고도 다른 많은 사람들의 눈동자 속에 머물러 갔을 거야. 그들의 시선 속에서 나는 환영받지 못하는 이방인이었겠지. 이상하고 보기 싫은. 그래서 나한테 많이들 화를 냈어. 왜 나만 괜한 문제를 일으키냐고들 했어. 다들 나만 없어지면 괜찮을 거라는 식인 것만 같이 느껴졌어. 그런데 그러면 뭐해. 내가 투명 인간이 아닌 이상 그들의 시야에 존재할 수밖에 없는 걸.

 물론 모든 사람이 다 내게 못되게 굴었다는 건 아니야. 오히려 내가 만난 대다수의 사람들은 내게 겉으로는 되게 친절했어. 노골적으로 나를 해하려고 들지도, 일부러 상처 주려고 하지도 않았어. 뒤에서는 나를 욕했을지 몰라도, 또 내가 스스로 없어져 주는 편이 모두를 위해 더 나을 거라고 속으로는 생각했을지는 몰라도, 적어도 그 생각을 입 밖에 내지는 않았어. 그런데 그렇게 말하지 않아도 느낄 수 있는 게 있었어. 나를 대하는 눈빛에서, 말투에서, 그리고 무엇보다도 그들의 눈에 비춰진 내 모습을 통해서 알 수 있었어, 내가 그들에게 환영받지 못하는 존재였다는 걸. 그 사실을 내 스스로 몰랐을 리가 없잖아.

그래서 나는 애들이 지나다니는 학교 복도를 지나다니는 일이 너무 싫었어. 복도에 들리는 모든 웃음소리들이 다 나를 보며 비웃는 소리인 것만 같이 느껴졌거든. 그들이랑 눈을 마주치는 일은 더더욱 무서웠어. 그때마다 그들의 눈에 비춰 보일 초라한 내 모습을 자꾸만 상상해 보게 되었으니까. 그럴 때면 당장에 토하고 싶을 만큼 기분이 역해졌어. 어디론가 도망쳐서 숨고 싶어질 만큼 나 자신이 한없이 부끄러워졌어.

할 수만 있다면 이 세상에서 아예 영영 사라질 수 있기를 바랐어. 그래서 매일 밤이면 밤마다 잠에 들기 전에 같은 기도를 했어. 그 다음 날에 내가 없어져 있게 해달라고 빌었어. 하지만 내 손으로 내 목숨을 없애는 일은 늘 두려웠어. 그래서 내가 상상할 수 있는 한 가장 평화로운 방법으로 내가 없어질 수 있기를 바랬어. 이를테면 아침에 눈을 떴을 때에 내가 물거품처럼 사라져 있기를 간절히 소망했어. 혹은 한 줄기의 바람처럼 아주 아주 사라져 있기를.

그런데 그 다음 날도, 그 다음 다음 날도 그 소원은 이루어지는 법이 없었어. 눈을 떠 보면 언제나 모든 게 그대로인 것만 같았어. 그래서 나는 또 꾸역꾸역 살아가는 수밖에는 없었어. 차마 그 상황을 바꿀 용기까지는 내지 못하는 스스로를 자책하면서도.

다이아몬드 J_

너를 만나면서부터는 많은 게 달라졌어. 그 때부터는 나에게도 "괜찮아?"라고 물어봐 줄 사람이 생겼어. 내가 말도 없이 어딘가 가 버렸을 때에도 숨이 찰 정도로 나를 찾아다니던 네가 아직도 떠올라.

"어디 있었어? 걱정했잖아!"

예전에 네가 그렇게 말했을 때에는 사실 꽤나 놀랐었어. 너의 말끝에는 어딘가 모르게 따뜻하면서도 부드러운 감정이 버터처럼 발라져 있는 듯 했으니까. 네가 말한 그대로, 너는 정말로 나를 '걱정'하는 사람 같았어. 이제까지 그건 내가 함부로 넘볼 수 없는 몇몇 사람들만의 전유물이라고 생각해 왔었는데. 나 역시도 누군가에게 제법 예쁜 모습으로 비춰 보일지도 모른다는 생각을 들게 해 준 건 네가 처음이었어. 다만 그게 남들에게는 너무 뻔하고 익숙한 경험일 수도 있겠다고 생각했었어. 그래서 되도록이면 최대한 아무렇지 않은 척 태연하게 넘어가려고 했지. 분명히 그러려고 했었는데,

네 말을 듣는 순간 내 두 눈에서 갑자기 영문도 모를 눈물이 흘러 내렸어. 꽁꽁 얼어붙은 파이프가 갑자기 터져 버린 것처럼 이제까지 쌓였던 감정들이 속수무책으로 터져나와 버린 거야.
"아니, 뭐, 너 울어?"
네가 깜짝 놀라서 나에게 물어 보았지.
"아, 아무것도 아니야. 나 진짜 괜찮은데……."
나는 그 말이 무색하게 통곡을 하다시피 계속 울었어. 그런 나를 바라보는 너의 얼굴에는 당황한 기색이 역력했었어. 그래서 나는 너에게 고맙다는 말 대신에 미안하다는 말만 연거푸 하게 되어버렸지 뭐야.

그러니 지금에서라도 말할게. 그날, 나는 너에게 미안하다는 말보다는 먼저 고맙다는 말을 하고 싶었다고. 나는 네가 있어서 불행하지 않을 수 있었어. 더는 외롭지 않을 수 있었어. 아니, 심지어는 조금 행복하다고까지 느꼈어. 내가 계속 살아갈 수 있었던 건 순전히 너 덕분이야. 그러니까 정말 고마웠어. 너한테는 정말이지 아직까지도 모든 게 다 너무 고마워.

스페이드 9_

날이 갈수록 나는 마냥 대하기 어렵게만 느껴졌던 너의 색다른 모습들을 알아가게 되었어. 네가 무언가 불만족스러울 때에는 볼에 공기를 불어 넣고 뿌우- 소리를 낸다는 것도, 또 가끔씩은 애교를 부리거나 앙탈을 부리기도 한다는 것도. 그리고 무슨 일만 했다 하면 "나 잘했지, 그치?" 따위의 말을 하며 생색내기를 참 좋아한다는 것도.

네가 얼마나 장난을 치기 좋아하는지도 알게 되었지. 너는 내가 수업을 좀 진지하게 들으려고 할 때도 '바보' 따위의 말을 내 귀에 대고 속삭이고는 했어. 그럼 나는 너한테 살짝 미소를 지어 보이거나 성가시다는 듯 눈치를 주고는 했지.

그러고 나서 내가 그 외에 별다른 반응을 보이지 않으면 너는 점점 더 심한 장난을 치고는 했어. 옆에서 내 볼을 계속 콕콕 찌르는 게 일반적이었지. 내가 마지못해 너에게 복수를 하려고 들 때면, 너는 고개를 돌려 내 공격을 피해 버렸지. 그러다가 내가 별수 없이 포기하고 다시 수업을 들으려고 할 때면 너는 다시 내 볼을 찌르면서 기습 공격을 걸어왔어.

"아이, 진짜. 뭐 하는 짓이야."

내가 그렇게 푸념할 때면, 너는 정말이지 환하게 웃었어. 이제껏 내가 본 중에서 가장 행복한 표정이 아니었을까 싶었을 정도로. 그렇게 환하고 예쁘게 웃는 너한테서 내가 어떻게 눈을 뗄 수가 있었겠어. 그런 네가 바로 내 옆에 앉아 있는데 어떻게 수업에 제대로 집중을 할 수 있었겠어. 당시에 내 처참했던 고등학교 성적에 대한 책임은 8할이 너한테 있다고 봐.

그런데 정작 너는 매번 그렇게 장난을 치면서도 공부는 또 곧잘 했지. 너의 머리가 좋기 때문일 거라고 생각했어. 특히나 너의 암기력은 나를 여러 차례 놀라게 하고는 했지. 너는 한두 번 본 국어 교과서의 지문들도 금세 외워 버리고는 했으니까. 네가 그 능력을 종종 이상한 데에 쓰기도 했다는 게 문제라면 문제였지만. 이전 교과서에 나오던 『동백꽃』의 대사들을 줄줄 읊던 너의 악취미만 생각해 보더라도 그래. 너는 맨날 네가 새로 산 물건 같은 걸 들고 와서는,

"느그 집에 이거 없지?"

라고 말하며 제 혼자 낄낄거렸지. 또 하필 너는 뭐에 한 번 재미가 들리면 쉽게 빠져나오지를 못하는 성격이었지. 조금 시간이 지나고 나서는 "이 바보녀석아!", "얘! 너 배냇병신이지?" 따위의 말을 따라하고는 했어. 어찌나 그 말들을 얄미운 말투로 하던지 한 대 때려주고 싶을 지경이었지.

그러다가 그마저도 지겨워졌는지, 나중에는,

"얘! 너 느아버지가…."

라며 다른 대사를 따라하려고 들기도 했었지.

"야! 부모님은 함부로 욕하는 거 아니야."

내가 너를 꼬집으면서 겨우 뜯어말렸었어. 정말이지 그때의 너는 미친 놈이 따로 없었어.

뭐, 말은 그렇게 해도, 그런 너를 볼 때마다 입가에 차오르는 미소를 좀처럼 숨길 수가 없었던 나도 별다를 바 없는 미친 사람이었던 것 같지만.

다이아몬드 8_

하루는 네가 여느 때와는 달리 완전한 민낯이었어. 나는 이전과는 또 달라 보이던 너의 모습에서 눈을 뗄 수가 없었어. 모습을 드러낸 너의 양쪽 볼에는 붉은 가을이 깃들어져 있는 것만 같았으니까.

너는 그런 내 시선을 느꼈는지 고개를 홱 돌려서 얼굴을 가렸어,

“그렇게 쳐다보지 마. 콤플렉스야.”

“콤플렉스라고?”

“얼굴에 홍조가 너무 심하잖아. 거기다가 점도 꽤 많고.”

“너무 예쁜데, 뭘. 네 얼굴만 하루종일 쳐다보고 싶을 지경이야.”

“이 바보가 진짜, 뭐라는 거야,”

안 그래도 붉은 기가 맴돌던 너의 얼굴이 더 붉게 달아올랐어.

“나는 진짜로 화장 안 한 게 더 예쁜데. 평상시에도 이렇게 다니면 안 돼?”

“절대 안 돼. 이 맨 얼굴은 너한테만 한정이야.”

그때의 너는 나를 좋아했는지도 모르겠어. 화장을 하지 않은 모습도 보여줄 수 있었을 만큼. 그리고 나는 그런 너를 정말 좋아했었어. 화장을 배워서라도 예쁜 모습만 보여주고 싶었을 만큼. 그 미묘한 차이를 모른 척하지 말았어야 했어. 그런데 그때는 몰랐지, 어긋남은 원래 그렇게 사소한 데에서부터 시작된다는 걸.

클로버 J_

"참 예쁘다, 그치?"

한 번은 하늘이 어둑어둑해져 가던 길을 같이 걸어가던 중에 내가 너에게 물었지.

"저기 저 달 말이야?"

나는 고개를 끄덕였어. 실은 너와 함께 하는 그 모든 시간이 참 예쁘다는 말을 하고 싶었던 것이었어. 너와 함께 걷는 이 거리가, 너와 함께 살아 숨쉴 수 있는 이 세상 전부가 다 아름다워 보인다고 말하고 싶었던 거였어.

그 날도 내 곁에 네가 있다는 게 너무나도 익숙하게 느껴지던 날들 중 하루였어. 그게 더 이상 익숙하지 않을 날이 오기나 할까 싶을 만큼. 하지만 좀처럼 그런 상상이 잘 가지 않을 뿐, 분명 그 기나긴 행복에도 어떤 끝이 있기는 하지 않을까 싶었어. 단지 내가 알지 못했던 건 그 끝을 내가 대체 어떤 형태로 마주하게 될 것인지였지. 어쩔 수 없는 상황이 닥쳐서 우리 사이를 갈라놓게 되는 것일지, 그게 아니라면 우리가 자연 발생적으로 멀어지게 되는 것일지. 네가 어느 날 갑자기 변하게 되는 건 아닐지, 그것도 아니라면 설마 내가 그렇게나 사랑스러운 너를 밀어내기라도 하는 일이 생기게 되는 것일지.

그 어떤 결말이 정해져 있다고 하더라도, 나는 그 끝이 오기 직전의 순간까지는 너와 함께 하고 싶었어. 너와 나란히 같이 있는 예쁜 장면 속에서 가능한 한 오래 남아 있고 싶었어. 그래서 나의 그런 마음을 달이 예쁘다는 말로 바꾸어 말하고는 했었던 거지. 그리고 그게 사실 그렇게 큰 오류는 아니었어. 이전에 한 유명 일본 작가가 사랑한다는 말을 일본어로 번역하기 위해 '달이 아름답다'고 썼다는 일화도 있는걸.

그 이후로도 나는 너에게 종종 달이 참 예쁘지 않느냐고 물어 보았어. 달이 보이는 날에도, 달이 잘 보이지 않는 날에도, 심지어 달이 떠 있지도 않은 날에도. 그 말이 너에게 건

네는 사랑 고백이라도 되는 것마냥 매일 물어보았어. 너는 그 말에 “응응” 소리를 내며 고개를 끄덕이거나 “아, 그러네,” 정도의 대답을 하고는 했어. 그러다가 한 번은 또 “응, 근데 진아야,”라고 말하고는 잠시 뜸을 들이더니 무척 짓궂은 말투로,

“안 물어봤어.”

라고 말하고서는 혼자 막 웃어댔지. 그 때 너의 모습이란! 정말이지 『이상한 나라의 앨리스』에 나오는 얄미운 악동 체셔 고양이라도 되는 줄 알았어. 그렇게 나를 놀리는 모습까지도 너무 예뻐 보였다는 게 함정이기는 했지만.

그런데 가끔, 아주 가끔씩은 네가 걸음을 멈추고 나와 같이 하늘을 바라보기도 했어. 그러고는 미소를 지어 보이며,

“응, 진짜 그러네. 너무 예쁘다.”

라고 내 말에 맞장구를 쳐 주고는 했어.

지금도 그렇게 말하던 너의 목소리가 아직도 귓가에 들리는 것 같을 때가 있어. 그런 기억들이 좀처럼 잊혀지지 않는 밤들이 있어.

하트 8_

수업을 같이 빼먹었던 날 중 한 번은 네가 나를 다른 곳도 아닌 동네 도서관으로 데려왔어.

"도서관에 가려고?"

뜻밖의 장소와 마주한 내가 너에게 물었어.

"왜? 싫어?"

"그건 아닌데. 되게 쓸데없이 건전한 방식으로 건전하지 못한 일을 하는 것 같아서. 누가 도서관에 가려고 수업을 빠지겠어?"

"여기 오려고 수업을 빠진 건 아니야. 수업을 듣기 싫으니까 여기 온 거지."

"그런가?"

"그래. 그 차이를 모르겠어? 그러니까 역시 너는 바보인 거야."

"아, 진짜."

"그리고 그걸 떠나서 도서관 되게 좋지 않아?"

"응, 그건 그래."

"나는 어릴 때 도서관에서 거의 하루 종일 살았었어."

"나도 그래."

"에이, 거짓말."

"아냐, 진짜로. 빌려 보지 않은 책이 거의 없을 지경이었어."

그 이후로 우리는 도서관에 종종 찾아갔어. 너는 진지한 표정으로 책을 읽거나 공부를 하고는 했지. 너는 한 번 집중하면 주변 그 어떤 소리도 들리지 않는 것만 같았어. 그래서 내가 그런 너를 아무리 뚫어져라 쳐다보아도 눈치채지 못하는 것 같더라. 내 시선을 느꼈으면서도 못 본 척했던 걸지도 모르겠지만.

한 번은 네가 『어린 왕자』 책 한 권을 내 앞에 내밀어 보이며 말했어,
"이 책은 당연히 읽어봤겠지?"
"당연하지. 그걸 안 읽어 본 사람이 얼마나 되겠어."
"나는 매년 읽었어. 볼 때마다 다른 느낌이라."
"『어린 왕자』를 매년 읽었다고?"
"응. 내가 제일 좋아하는 책이거든."
나도 모르게 그 말에 웃음이 새어 나와 버렸어.
"왜 웃어? 기분 나쁘게."
"너한테 잘 어울린다 싶어서."
사막 여우를 꼭 닮은 네가 『어린 왕자』를 좋아한다는 것만

큼 어울리는 일도 없어 보였으니까.

이제 와서야 고백하자면, 사실 나는 그전까지 『어린 왕자』를 별로 좋아하지 않았어. 나는 내가 어린 왕자도, 장미도, 사막 여우도 아닌, 다른 별들에 사는 한심한 어른들과 가장 닮아 있었다고 생각했거든. 그중에서도 나는 특히나 술꾼을 닮았다고 생각했어. 술을 마시는 게 부끄러워서, 그 사실을 잊기 위해 술을 마시는…….

"내 비밀은 이런 거야. 아주 간단해."
내 복잡한 생각들을 뚫고 네 목소리가 들려 왔어.
"오로지 마음으로만 보아야 잘 보인다는 거야."
"지금 책 읽고 있는 거야?"
"가장 중요한 건 눈에 보이지 않는단다."
너는 대답 대신에 책의 구절을 계속 읽어 주었어. 나는 너의 말소리를 들으면서 네 말대로 그 책이 읽을 때마다 매번 다른 느낌을 준다는 걸 실감했어. 그 책에 대한 나의 어두운 기억은 금세 너로 인해 알록달록하게 칠해져 갔어. 내가 그다지 좋아하지 않던 『어린 왕자』의 이야기는 어느새 내 마음 가장 가까운 곳에 있는 보물이 되어 가고 있었어.

다이아몬드 2_

나는 원래부터 행운에 익숙하지 않았어. 가정 환경의 영향이 한몫했던 걸지도 몰라. 우리 부모님은 내가 아주 어렸을 때부터 거의 하루도 빠짐없이 매일 격렬하게 싸웠거든. 나는 그 싸움들을 그릇 깨지는 소리로 기억하고는 해. 그릇이 하나둘 깨지는 소리가 나면서부터 싸움이 격렬해진다는 걸 경험을 통해 알고 있었기 때문이었지. 행복이란 원래 그렇게 유리그릇만큼이나 쉽게 깨지고는 한다는 걸 나는 그렇게 배우게 되었던 것 같아.

그래서인지 나는 어느새부터인가 그 끔찍한 그릇 깨지는 소리보다도 싸움 전후의 잔잔한 침묵을 더 싫어하게 되었어. 마땅히 들려야 할 그릇 깨지는 소리가 들리지 않으면 도리어 더 불안해졌다고나 할까. 나에게 행복은 마땅히 이어져야 할 불행에 대한 전주곡에 지나지 않게 느껴졌어. 그래서 나는 아프게 깨져버릴 행복에 대한 희망을 품느니 당연하게 이어질 불행에 대해 대비를 하는 편을 선호했어.

그래서 나는 너와의 행복도 당연히 어떤 방식으로든 끝날 거라 짐작했었어. 네가 머지않아 나에게 질리고 말 거라고,

언젠가는 나를 떠나고 말 거라고 생각하려 애썼어. 그리고 나는 정말로 끝까지 그렇게 생각하며 지냈을 거야. 희망이 들어오지 못하도록 꼭꼭 걸어 잠근 내 마음의 문틈 사이로 네가 그렇게 꾸준히 비집고 들어오지만 않았더라도.

다이아몬드 9_

정말이지 손쓸 틈도 없는 사이에 벌어진 일이었어. 너는 평소처럼 내가 좋아하는 바나나 우유랑 멜론빵을 사 들고 와서 그걸 내 사물함 안에 넣어두려고 했었어. 그러다가 내가 우려했던 대로 사물함 벽면에 적힌 “죽어라”라고 쓰인 붉은 글씨를 발견하고 말았지.

그런데 뜻밖에도 너는 아무 말도 하지 않았어. 어딘가 모르게 화가 난 표정이기는 했어도, 그날 내게 무언가를 더 따져 묻지는 않았어. 이제까지 계속 숨기려고 급급해하고 걱정했던 것치고는 시시한 결말이다 싶었지.

네가 그 얘기를 조심스레 다시 꺼낸 건 며칠 뒤의 일이었어. 대체 언제부터의 일이었는지, 혹시 짐작이 가는 사람이 있는지 등을 물어보았어. 너는 내 말을 가만히 듣고 있다가

잠시 생각에 잠기는 듯한 표정을 짓더니, 내게 다시 물어보았어,

"그런데 애들은 대체 너를 왜 그렇게 싫어해?"

"왜 그렇게 된 건지, 그런 걸 묻는 거야?"

"응."

너는 정말 티끌 하나의 악의도 없는 듯한 그런 표정으로 말했어. 내게 무슨 일이 있었는지 정말 자세히 들여다보고 싶다는 그런 굳은 결심이라도 한 것 같은 얼굴로.

그래서 나 역시도 무슨 말이라도 해 주고 싶었어. 나는 이제까지 내게 있었던 일들에 대해서 할 말이 아주 많았다고 생각했었거든. 그런데 막상 너에게 말을 하려고 보니, 그 '왜?'라는 단순한 질문 하나에 대한 대답조차 가지고 있지 않았더라.

"그러게, 왜일까."

나는 너의 질문을 그대로 되물어 볼 뿐이었어. 머리를 한 대 맞은 것같이 멍한 기분이 들었어. 내게 '왜?'라는 질문을 해 온 사람은 네가 유일했거든. 나 역시도 딱히 그 질문을 궁금해 해 본 적이 없었으니까.

애초에 내가 그 질문에 대답할 수 있는 입장이 아니라고 생각하기도 했어. 그 '왜?'라는 질문을 한다는 것 자체가 내게 따돌림 당할 만한 원인이 있다는 걸 전제하는 것 같잖아. 마치 돌을 맞고 있는 개구리한테 가서 왜 맞고 있느냐고 물어보는 것과도 같아. 대체 무슨 대답을 기대하고 그런 질문을 할 수 있었겠어? 본인이 다른 개구리들과 조금 다르게 생긴 게 문제인 것 같다고? 아니면 다른 개구리들보다 좀 더 작고 만만해 보여서라고? 그런데 그건 일단 그 개구리한테 돌을 던지는 못된 사람들이 대답해야 하는 질문이잖아. 괴롭힘을 당하는 쪽 이전에 괴롭히는 쪽한테 책임을 물어야 하는 게 맞는 거잖아.

하지만 세상 일이 다 그렇게 상식에 맞게 돌아가지는 않지. 그래서인지 다들 누군가가 따돌림을 당할 때는 뭔가 '그럴 만한 이유'가 있을 거라고 생각하는 것 같아. 왜 그런 괴롭힘을 정당화할 만한 이유가 있다고 생각하는지에 대해서는 반대로 별달리 생각해 보지도 않으면서. 아마도 이유 없는 괴롭힘을 주도했거나 방관했다는 죄책감에 시달리고 싶지 않기 때문이겠지.

굳이 말하자면, 내게도 괴롭힘당할 만한 '이유'랄 만한 것들이 있기는 했어. 내가 소심해서, 내가 자신감이 없어서, 내가 먼저 말을 걸어오지 않아서, 내가 그만큼 노력하지 않아서, 내가 너무 음침하게 생겨서, 내가 좀 사회성이 없어서, 내가 잘 웃지를 않아서 등등.

초등학교 때에 그 이유는 "내가 존재감이 없어서"였어. 당시에 나는 말도 잘 못 하는 소심한 아이였거든. 그래서인지 애들은 그런 나를 '모모씨'라고 부르면서 놀렸어. 그 '모모씨'가 어떻게 생겨나게 된 말인지는 지금도 도무지 모르겠지만 아마 뉴스나 신문에서 나오는 '백 모씨' 같은 호칭이 변형된 개념이었거나, 아니면 말 그대로 그냥 '뭐뭐'라는 뜻에서 온 단어였을 거라고 추측해. 어느 쪽이었던 간에 '이름 모를 사람'을 지칭하는 표현이었음은 분명하지.

순진무구해 보이는 어린아이들에게도 제법 잔인한 구석이 있다는 걸 그때 처음 알게 되었지. 그 애들은 내 앞에서 우리 부모님과 관련된 욕도 서슴없이 하고는 했으니까. 하지만 사실 그보다도 싫었던 건 그 애들이 지렁이나 벌레 사체 따위를 어디선가 주워 왔을 때였어. 그 징그러운 벌레들을 코앞에까지 들이대면서 내 반응을 살피고는 했거든. 움직이는 커다란 짚신벌레를 보았을 때의 기억은 아직까지도 너무 생생하게 나를 괴롭히고는 해.

그때는 나 역시도 그 애들처럼 그 일을 그저 장난으로 치부했던 것 같아. 단 한 번도 울거나 화를 내 본 적도 없었어. 내 주변의 어른들도 그걸 특별히 문제 삼지는 않았기에, 나도 그런 "애들 장난"으로 일을 키우고 싶지는 않았어. 머리에 붙은 껌이야 떼면 되고, 얼굴에 묻은 가래침이야 닦아내면 되고, 더럽혀진 옷이야 세탁기에 돌리면 되는 것이었으니까. 그렇게 쉽게 닦아낼 수 없을 자국이 마음속에 오래 남게 될지도 모른다는 걸 알기에는 너무 어린 나이였어.

다이아몬드 3_

중학교에 와서도 그런 일을 다시 겪고 싶지는 않았어. 그래서 입학하는 날부터 새로운 친구들이랑 어울리려고 애썼지. 그리고 정말로 한동안은 그럭저럭 성공한 듯 싶었어. 그런데 그 잠깐의 평화마저도 그리 오래가지는 못하더라. 어느 순간부터 그렇게 다같이 친하게 다니던 아이들의 무리도 하나 둘씩 대륙이 쪼개지는 것처럼 멀어져 가더라고.

그래도 무리 중에서 제일 친했었던 애들 몇 명이랑 함께하려고 했어. 그렇게 해서라도 이름 없는 '모모씨'가 아닌 백진아로 살아가고 싶었거든. 그런데 그 애들은 나와 같은 마음이 아니었나봐. 그 애들끼리 같이 놀러 가려는 데에 나도 같이 가고 싶다고 얘기를 했을 때, 그 무리 중 한 명이 내게 대놓고 따져 물었어,

"야, 너는 눈치도 없냐?"

아무도 그때 내 편을 들어주지 않았어. 도리어 내 옆에 있던 애들도 같이 킥킥거리며 웃기 바빴거든.

그렇게 해서 나는 그 애들하고도 멀어져 버리게 된 거야. 그 애들 표현에 의하면 내가 눈치가 없는 애여서. 아마 내가 너무 순진하리만큼 멍청했다는 걸 그렇게 표현했던 것도 같아. 다들 나랑 같이 있는 걸 싫어하는데 나 혼자만 몰랐었던 거니까.

그래, 그럴 수도 있겠다고 생각했어. 나는 원래 좀 숫기가 없는 편이었고 내 나이 또래에 맞는 취미나 관심사 하나가 없었으니까. 그렇다고 해서 남들처럼 얘기를 재미있게 할 수 있는 능력 같은 것도 없었고. 인기 많은 친구 특유의 밝은

에너지는 나와 한참 거리가 있어 보였지. 그래서 나는 내 자신이 늘 존재만으로도 미안해져야 하는 사람처럼 느껴졌어.

그 상황에서 내가 더 노력을 했어야 했던 걸지도 몰라. 그런데 그 무렵에 나는 이미 내 주변의 일에 무감각해져 버린 지 오래였어. 내 옆에 같이 앉을 친구를 굳이 만들려고 하는 일 자체가 너무나 지겨워졌어. 애들 틈 사이를 비집고 들어가 내 자리를 찾으려고 하는 일도 그저 우습게만 느껴졌고. 나를 반기지 않는 게 분명한 사람들 앞에서 아무렇지도 않게 행동할 만큼 내가 철면피는 못 되었어. 그게 내가 해야 했던 '노력'이었다면, 더는 그런 노력 같은 건 하고 싶지 않아졌어. 애초에 그런 걸 할 만한 힘도 더는 남아 있지 않을 때였지만.

그렇게 남들에게 나 자신을 설명하려 드는 걸 아예 포기해 버렸어. 어차피 그 누구도 나를 진심으로 이해해 주지도, 좋아해 주지도 않을 거라고 생각했어. 그래서 차라리 혼자 다니면서 상처받지 않을 편을 택했어. 그렇게 홀로에 익숙해지다 보니, 다른 사람들을 만나기 위해 노력해야 할 그나마의 이유마저도 점점 없어져 갔어.

물론 그 모든 시간이 힘들지 않았다면 거짓말이야. 그 와중에도 누군가는 내 사물함에 '죽어라' 같은 글씨 따위를 써 놓고 가기도 했고. 그럴 때면 나는 이 세상 전부가 나에게서 등을 돌린 것만 같이 느껴졌어. 복도를 지나가는 사람들 모두 나를 보고 수군거리는 것만 같았어. 다들 나를 경멸하는 시선으로 노려보고 있는 것만 같아 무서웠어. 그런데도 나는 계속 괜찮아 보이려고만 애썼어. 울지도 화내지도 않고 묵묵히 버티려고만 했어. 웃고 싶지 않은데도 억지로라도 애써 웃으려고만 했어.

그런데 이제 와서야 그때의 그 부작용을 겪고 있는 것 같아. 요즘 들어 아무런 이유도 없이 울컥 눈물이 나. 별다른 일도 아닌 일에도 자꾸 화가 나. 무슨 감정 제어 장치가 고장난 사람처럼. 이럴 줄 알았으면 화를 내고 싶을 때에는 화를 내고, 울고 싶을 때에는 울 걸 그랬어. 속상할 때에는 속상하다고 말하고, 힘들 때에는 사실 많이 힘들다고 할 걸 그랬어. 이렇게 괜찮다는 말밖에 못하는 바보가 되어 버릴 바에는 말이야. 이렇게나 시도 때도 없이 울어 버리거나 화를 내버리는 고장 난 사람이 되어 버릴 줄 알았다면 말이야.

그렇다고 내가 마냥 다 괜찮기만 했던 것도 아닌데. 정말로 내가 마냥 다 괜찮았던 것도 아니었는데.

하트 9_

고등학교 때는 어땠냐고? 그거야 네가 아는 그대로야. 우리 동네 중학교 친구들 대부분이 그대로 같은 고등학교로 배정되어 버렸잖아. 너도 그 중에 한 명이었고. 그때 이름만 겨우 알았던 너와 더 가까워졌다는 점을 제외하자면 고등학교 생활도 중학교 때의 연장선상이나 다름이 없게 느껴지기는 했어.

그래도 중학교 때의 그 무리 하고는 직접적으로 마주칠 일이 잘 없었어. 전에 사물함에 낙서를 생각하면 또 그것도 잘 모르겠긴 하지만, 그건 그 애들의 소행이었는지 알 길이 없는 일이었으니까. 그런데 한번은 그 무리 중 한 명이 나를 찾아오기는 했었어. 내가 복도를 걸어가고 있었는데 갑자기 누가 내 뒷덜미를 잡아 끄는 거야.
"야, 내가 몇 번을 불렀는데…… 왜 내 말 씹냐?"
"어?"
놀라서 뒤를 돌아보니까 그 애들 중 한 명이었어. 너무 오랜만에 보는 얼굴이라 순간 벙쪘어. 무슨 말을 하려는 걸까 싶어서 심장이 다 빨리 뛰더라고.

그런데 그 애는 뜻밖의 말을 하더라.

“너 신동우랑 사귄다며?”

“어? 갑자기 무슨 말이야?”

“사귄지는 얼마나 되었어? 백일은 벌써 지난 거겠지? 하여간 얌전한 애들이 은근히 할 거 다 한다니까.”

나는 그 말을 듣고 어이가 없어서 물어보았어,

“나한테 지금 그 얘기 하려고 온 거야?”

“응, 궁금하잖아. 그래서 둘이 언제부터 사귀는거야?”

그 애가 오랜만에 찾아와서 한다는 말이 겨우 그런 걸 줄은 몰랐어. 차라리 내 안부라도 물어봐 주었더라면 나았을 거야. 그런데 이건 이전 일들에 대한 사과 같은 건 다 너무 쉽게 생략해 버린 거잖아.

“사귀는 사이 아니야,” 내가 딱 잘라 말했어, “그런데 너는 정말 나한테 와서 묻는다는 게 그런 얘기 뿐이야?”

“어, 그거 물어보려고 온 건데? 아니면 동우가 그렇게 네 일에 매번 나설 이유가 있어?”

“그건 또 무슨 소리야?”

“내가 들은 얘기만도 한둘이 아닌데. 둘이 사귀는 거잖아?”

그 애는 처음부터 끝까지 자기 할 소리만 하는 그 습관도 여전하더라. 중학교 때에 봤던 그 친구의 모습이랑 변함이 하나도 없어 보여서 한숨이 절로 나올 지경이었어.

“아니, 애초에 대답을 처음부터 다 정해놓고 온 거면 여기에는 왜 온 거야? 알아서 생각해.”

“아, 그래, 알았어.”

그 애는 그제서야 자신이 원하는 대답을 들었다는 듯이 씩 웃더라. 그리고는 들릴 듯 말 듯한 목소리로 이렇게 덧붙였어,

“하긴, 겨우 그 정도 수준이라니 하나도 부럽지는 않더라.”

“무슨 소리야, 그게?”

그 애는 정말 그러고서는 대답도 없이 가버렸어. 그래서 그냥 기분 제대로 잡쳤다고 생각했지. 아니, 기껏 오랜만에 찾아와서 왠 시비야, 안 그래?

그래도 나중 가서는 그 친구가 찾아온 데에 그만한 이유가 있었나 곰곰이 생각해 보게 되더라고. 혹시나 그 애가 사물함 낙서와 관련이 있었던 게 아닐까 싶어서. 그리고 그 애의 얘기를 듣고 보니 동우 네가 내가 모르는 곳에서 무슨 일이라도 하고 다니는 건 아닌가 싶기도 했어. 그런데 또 그

건 그냥 그 애가 나를 자극하려고 한 소리일 수도 있다는 생각도 들었어. 그리고 애들 소문이라는 게 원래 좀 믿을 만한 게 못 되기도 하잖아? 무슨 별일이야 생기겠나 싶었어. 그래서 나중에 네가 무슨 일 없었냐고 물었을때 이 얘기는 꺼내지 않았던 거야. 굳이 긁어 부스럼 만들 건 없었으니까.

클로버 4_

어느 날은 네가 하교길에 대뜸 이어폰을 들고 와서는 이렇게 말했어,

"오늘은 나랑 같이 노래를 듣자."

"너 아는 노래는 하나밖에 없는 거 아니었어?"

"응?"

"너 아는 노래 하나밖에 없는 줄 알았다고. 그, 미모는 나의 무기, 하는 거."

네가 잠시 생각해 보더니, "아, 그거," 라고 말하면서 웃었어. 단번에, "난 뷰티풀 걸! 미모는 나의 무기~"라고 또 흥얼거렸어.

"그래! 그거."

"아니, 당연히 다른 노래도 듣지,"

네가 웃으며 말했어,

"이리 와 봐."

너는 내 머리를 살짝 넘겨주면서 내 한쪽 귀에 이어폰을 꽂아 주었어. 그런데 뜻밖에도 내 귀에 전해져 오는 노래는 최신 가요가 아니었어. 나는 한참 긴 전주 끝에 흘러나오기 시작한 가사에 귀를 기울였어.

"네가 이런 노래도 들어?"

내가 놀라서 물었어. 좀처럼 달달한 사랑 노래를 듣는 네 모습을 상상하기 힘들었으니까. 그렇지만 내 옆에 있던 너는 이미 그 사랑 노래를 흥얼거리며 따라 부르고 있었어.

고백 같은 노래 가사가 어쩐지 나에게 하는 말처럼 느껴져 부끄러워졌어. 너에 대한 내 감정이 무르익어 가는 만큼 뜨거운 가을 햇볕도 점점 더 따갑게 내리쬐고 있었어.

클로버 2_

너를 좋아한다는 걸 처음 깨달았던 순간을 아직도 기억해. 나는 거울을 들여다보고 있었어. 눈은 거울을 향해 있었지만 시선은 한참 저 너머에 있었지. 누가 그 날 나를 봤더라면, 영락없이 미친 사람이라고 했을 거야. 그때 나는 거울 앞에서 볼을 꼬집어 보기도 하고 뺨을 때려 보기도 하고 있었으니까. 그것도 벌거벗은 채로.

그러다가 샤워를 하러 욕조로 향했어. 샤워기에서 나온 뜨거운 물이 머리 위로 쏟아져 내렸어. 허벅지 사이로 흘러내리는 액체의 촉감이 온몸으로 느껴지는 것만 같았어. 위에서부터 흐르던 물은 아래로 흘러내려 물웅덩이들을 형성했어. 받아들이기로 했어. 너를 좋아하는 것 같다 — 라고.

아주 대단한 발견도, 놀라운 얘기도 아니었어. 한사코 부정하려던 걸 이제 와서야 인정하는 것에 지나지 않았으니까. 언제부터인가 너에 대한 내 마음은 부정하기 힘든 명백한 사실이 되어 있었어. 고등학교 교복을 입고 지나가던 너를 본 순간부터. 아니, 어쩌면 그보다도 한참 전부터. 너를 볼 때마다 발밑에 전차가 지나가기라도 하는 것마냥 세상이 세차게 흔들렸어. 그리고 또 두근거렸어. 이 모든 걸 착각이라고 부를 수는 없었으니, 나는 너를 좋아한다고 할 수밖에는 없었어.

너는 내게는 밤하늘의 달과도 같았어. 그만큼 고왔고, 손에 쉽사리 닿을 수 없어 보였어. 집에다가 고이 모셔놓고 간직하고 싶었지만 함부로 가져가기에는 너무 소중해서 그저 바라보는 데에 만족해야만 했어. 그런데 그것만으로도 너무 좋았어. 너랑 같은 하늘 아래에서, 그것도 무려 같은 교실 안에서 살아 숨쉰다는 사실만으로도 매 순간이 감격스러웠던 그 때에는.

그런데 네 존재가 점차 익숙해지면서부터는 갈증도 날로 더 커져만 갔어. 조금만 더, 아주 조금만 더 너와 함께 하기를 원했어. 너의 웃는 모습을 한 번이라도 볼 수 있기를, 아무렇지 않은 척 너의 손을 한 번이라도 더 잡아 볼 수 있기를 바랐어. 크고 작은 소망들의 목록이 길어져 갈수록, 나의 갈증도 깊어져만 갔어. 이제 와서 너를 만나기 전으로 되돌아갈 수도 없었어. 후진하는 방법 따위 없어 보였어, 이질적인 너의 존재가 나의 틈 속으로 비집고 들어오게 되면서부터는. 네가 독이 든 사과와도 같다고 할지라도 좋았어, 탐스러운 붉은 사과 같은 너를 이미 한 번 맛보게 된 이상은.

그 어떤 대가를 치르게 될지라도 좋았어. 몇 번이고 같은 기회가 다시 주어진대도 나는 같은 선택을 했었을 거야. 너와 나의 결말이 진작부터 해피 엔딩이 아니었음을 알고 있었다고 할지라도.

클로버 7_

한 번은 네가 하교길에서 집에 가려는 나를 붙잡았어.

"가지 마."

"안 돼, 집에 늦게 가면 혼날 거야."

나는 애써 아쉬운 마음을 꾹꾹 눌러 말했어.

하지만 너는 그 말이 무색하게 나를 동네 놀이터까지 끌고 갔지.

"놀자,"

그렇게 말하는 너는 흡사 놀이터를 눈 앞에 둔 천진난만한 미취학 아동 같았어.

"아, 이 늦은 시간에?"

내가 그렇게 말해 보더라도 소용은 없어 보였어. 너는 이미 놀이터 안으로 깊이 발을 들여 놓은 지 오래였으니까.

"어린 애들도 안 노는 데에서 우리가 왜 놀아?"

"그러니까 우리라도 가서 놀아야지."

"그건 또 무슨 이상한 논리야."

내가 그렇게 말하거나 말거나, 너는 이미 혼자 신나게 놀고 있었어. 제 혼자 몇 번 미끄럼틀을 타고 놀더니, 발을 굴려 가면서 열심히 그네도 타기 시작했지.

"너 진짜 혼자 잘 노는구나."

나도 모르게 그런 감탄이 튀어나와 버렸어. 네가 어찌나 혼자 즐겁게 잘 놀던지, 새삼 감탄스러웠거든.

"내가 여러모로 혼자에 노는 데에는 익숙해서. 아, 그런데 이 그네는 좀 밀어주라."

"나 지금 집에 가야 되는데……."

"아잉, 그러지 말고 그네 한 번만 밀어줘요오."

"어디서 앙탈이야, 앙탈은."

나는 투덜거리면서도 너의 방향으로 걸어갔어. 그리고는 그네 위에 타고 있는 너의 등을 있는 힘껏 다해 밀었지. 너는 자꾸만 내게 세게, 더 세게 그네를 밀어달라고 했고, 나는 그런 네가 타고 있던 그네를 높이, 더 높이까지 밀려고 애썼어. 너는 내가 그네를 밀 때마다 괴성을 질러 대면서 놀이를 즐겼지. 어느새 내 웃음소리도 너의 말소리에 같이 섞여들어 갔어. 그렇게 웃으면서 그네를 밀고 있으면서도, 나는 빨리 집에 가 보아야 하는 게 아닌가 하는 걱정이 계속 들었지만.

"나 진짜 집에 빨리 들어가야 한다니까."

"왜? 나랑 좀만 더 있다 가."

"너무 늦으면 안 돼. 부모님이 뭐라고 하면 어떻게 해?"

"나랑 연애하느라 바빴다고 하면 되겠네."

"……진심이야?"

내가 물었어. 내 표정이나 목소리로는 사실상 "제정신이야?"에 더 가깝게 들렸겠지만.

"아, 나도 그 이후에 벌어질 일들에 대해서는 책임 못 져."

"칫, 그게 뭐야."

그 뒤로도 너는 내가 집으로 가려고 할 때마다 나를 계속 말렸어. 결국 나는 '어떻게든 부모님께는 둘러대면 되겠지' 생각하면서 너와 더 오랜 시간을 같이 보내고는 했지. 서로 그네를 밀어주고, 미끄럼틀을 타고, 철봉에 한동안 매달려 보고 난 다음에는 동네 구멍 가게 앞 오락 기구 쪽으로 갔어. 너는 어린 꼬마들의 사이즈에 맞춰져 있는 그 작은 오락 기구의 의자에 엉거주춤 앉아서 게임을 하기 시작했어.

"나 어릴 적에 이거 자주 하고 놀았었는데."

너는 그 말을 하면서도 재빠른 손놀림으로 게임 캐릭터를 조종하고 있었어. 나는 그 옆에서 너를 지켜보면서, 게임을 하고 있었을 어린 너를 상상해 보려 애썼어. 그 소년이 나처럼 많이 외로웠던 적은 없었을지 궁금해졌어. 하지만 당장 내 옆에 있던 너에게 물어보았더라도 솔직한 대답을 들을 수는 없었을 거야. 그러니 나는 작은 의자에 쪼그려 앉아 게임을 하는 불쑥 커 버린 소년이 적어도 그 순간에만큼은 행복하기를 바라는 수밖에는 없었어.

게임이 끝나가던 때쯤에 너는 내게 대뜸 물어보았어,
"그런데 애들하고는 무슨 일 더 없었어?"
"응? 무슨 애들?"
"전에. 네가 애들이 너 괴롭히는 거 때문에 무섭다고 했었잖아."
"아, 내가 그렇게 말했었나? 아무튼 별일 없었어."
그런데 정말로 생각해 보니까 그 얘기를 했었던 이후로는 별다른 괴롭힘을 당한 기억이 없더라고. 다들 나한테 시비를 건다거나 건드리는 일이 없어졌다고나 해야 할까. 이전에 애들 중 한 명이 대뜸 너에 대해서 물어보았던 건 조금 이상했지만 말이야.
"그런데 그건 갑자기 왜 물어?"
"그냥," 너는 무심한듯 말했어, "그런데 네 사물함에 글씨는 아직 그대로인 것 같던데."

"아, 그거……."

"나중에 대신 지워줄까?"

"아니야, 아니야, 괜찮아."

"내가 그 이상 개입을 한다면 아무래도 좀 그런가?"

"마음만 받을게. 요즘은 정말로 별일이 없어서 괜찮아."

"그래, 그럼," 네가 대답했어, "그래도 나중에 무슨 일 생기면 꼭 얘기해줘."

"그래, 고마워."

나는 그렇게 내 일을 물어봐 주는 사람이 있다는 것 자체만으로도 정말 고마웠어. 그렇게 보살핌을 받는 느낌 자체가 조금은 낯설었다고나 할까.

그래서 너에게 물어 보았어,

"너는 내가 친구라서 도와주고 싶은 거야?"

그런데 너는 내 질문에 예상 밖의 대답을 했지,

"음… 아니? 우리가 언제부터 친구였지?"

"어? 우리가 친구가 아니면 뭔데?"

"뭐긴? 외나무 다리 원수지."

"뭐, 뭐? 내가 네 적이라고?"

"응. 원수가 그 뜻 아니야?"

"아니, 내가 대체 왜 네 원수야?"

“왜냐니? 우리 전생에 있었던 일, 정말 기억 하나도 안 나?”

“우리가 전생부터 원수였었어?”

“당연하지!”

너는 그런 말을 참 능청스럽게도 늘어 놓더라.

“그런데 원수면 그냥 원수지, 외나무 다리 원수는 또 뭐야?”

“전생에 우리 맨날 외나무 다리에서 만났었잖아.”

“아, 이제 기억 난다,”

내가 네 농담에 장단을 맞추어 주면서 말했어.

“그렇지? 그래서 나는 지금도 어떻게 그때의 원수를 갚을 수 있을까, 그 생각만 하고 있어.”

“에이, 설마?”

“진짜로. 방심하는 순간 당하게 될 걸.”

“참나. 너나….”

나는 그 말을 끝마칠 수가 없었어. 그 순간 고개를 숙인 너의 호흡이 살갗에까지 생생하게 느껴질 만큼 가까이 다가왔으니까.

“방심하지 말랬잖아,”

네가 웃음 섞인 낮은 목소리로 그렇게 속삭였었어. 아, 그

때 내 얼굴이 얼마나 붉게 달아올랐는지는 네가 몰랐더라면 좋았을 텐데…….

"앞으로도 이렇게 자주 볼 수 있을까?"

내가 그날 집 앞에 거의 다 왔을 때쯤에 너에게 물어 보았어.

"쉽지는 않을걸? 우리 둘 다 이제 엄청 바쁠 거잖아."

"하긴, 우리 고등학생 신분을 잊어버릴 뻔했네."

너는 말 없이 고개를 끄덕이며 내 말에 수긍했어.

"그래, 그럼 잘 가."

"응. 너도 잘 가, 바보야."

"아, 진짜! 또 나 놀리기냐!"

"그럼 너도 나 멍청이라고 부르면 되잖아."

"진짜? 그래도 돼?"

네가 고개를 끄덕였어.

"잘 가, 이 멍청아!"

내가 웃으면서 손을 흔들었어.

"그래, 너도 잘 가, 이 바보야,"

너도 내게 손을 흔들어 보이며 말했어. 그리고는 종종 그랬던 것처럼 한마디를 덧붙였지,

"사랑해, 알지?"

"아니 몰라. 이 멍청아."

나는 괜히 심술이 나서 그렇게 말했어. 너는 내 대답이 뭐가 그리 재밌었는지 그 자리에서 한참을 웃었어. 그렇게 바보와 멍청이는 서로 잘 가라는 말을 몇 번이고 반복했어. 서로의 뒷모습이 작아져서 보이지 않게 될 때까지 손을 흔들며 인사했어. 나는 그렇게 작별 인사를 할 때마다 매번 속으로는 궁금했어. 너도 나만큼이나 헤어지는 순간을 아쉬워했을지. 그때만큼은 너도 나와 같은 마음이었을지.

스페이드 10_

아파트 단지 앞에서 너를 우연히 마주쳤던 날이었어. 그때 너는 무엇 하나 바르지 않은 맨 얼굴이었지. 너는 나를 보더니 느닷없이 이랬어,

"나 요즘 너무 힘들어."

"뭐가?"

"그냥 삶이. 삶이 다 힘들어."

그러고는 술에 잔뜩 취한 사람처럼 내 품에 쓰러지듯 안겼어.

"뭐 하는 거야, 너…."

나는 너를 밀어내려고 손으로 몇 번 툭툭 쳐댔어. 무게를 완전히 내 쪽으로 맡긴 네가 생각보다 너무 무거워서 나까지 뒤로 엎어질 지경이었거든.

“그러지 마. 어차피 제대로 밀어내지도 못할 거면서.”

나는 그렇게 확신을 가지고 말을 하는 네가 미웠어. 더 정확히는, 내가 밀어내는 시늉만 하고 있을 뿐, 너를 제대로 밀어내지 못할 것임도 뻔히 다 알고 있는 듯한 네 말투가.

“내가 천하무적이냐! 어떻게 내가 네 무게를 버티고 있을 거라고만 생각해.”

“너는…… 내가 아니면 안 되니까?”

너는 잠꼬대 하듯 그렇게 중얼거렸어. 그리고 그 말이 뭐가 그리 재미있는지 혼자 배시시 웃더니,

“진아야,”

하고 내 이름을 불렀어.

“또 뭐?”

“내일 이 시간에 여기서 다시 만나자.”

“싫어. 대체 뭘 하려고?”

“너한테 정말 할 말이 있어서 그래.”

“그런 거라면 지금 말해 줘도 되잖아.”

너는 한동안 고민하는 것처럼 말이 없더니, 내게 기대고 있

던 몸을 바로 세우고는 말했어,
"바보는 그냥 내 말이나 들어. 내일 만나."
너는 내 대답도 듣지 않은 채 그렇게 집으로 들어가 버렸어.

그때는 몰랐겠지. 너는 그다음 날에도, 그다음 날의 다음 날에도 내게 하려던 그 말을 전하지 못하게 될 걸.

다이아몬드 6_

나는 학교에서 내 자리 위에 필통을 종종 올려두고는 했었어. 그런데 언젠가부터인가 쉬는 시간이나 점심 시간만 되면 그게 꼭 귀신처럼 없어져 버리는 일이 계속 벌어졌어. 그 일에 금새 익숙해진 나는 그럴 때마다 거의 자동 반사처럼 너부터 찾아가서 추궁했어.
"너 내 필통 가져갔지?"
"응? 아닌데?"
너는 그렇게 부정하면서도 범행을 별달리 숨길 생각은 없어 보였어. 내 필통을 대놓고 네 옆에 놔두고는 했던 걸 보면 말이야. 가끔은 아예 대놓고 내 필통을 내 눈 앞에 흔들어 보이기까지 할 때도 있었어.
"네가 지금 가지고 있는 게 내 필통이야."

내가 그렇게 얘기를 하면 너는 정색을 하면서 말했어,

"무슨 소리야, 이건 내 거야."

"거기 백진아라고 내 이름도 쓰여 있잖아."

"그게 뭐? 내 이름도 백진아야."

너는 표정 하나 바꾸지 않고 세상 뻔뻔하게 그렇게 대답했어.

그러면 너하고 더 말할 필요성을 못 느낀 나는 손을 뻗어 내 필통을 가져가려고 했어. 하지만 너는 매번 나보다 한발 더 빠른 속도로 잽싸게 내 공격을 막아냈지.

"뭐야? 너 지금 내 물건 강탈해 가려는 거야?"

"아, 웃기는 소리 하지 말고 빨리 내 필통 내놔!"

그렇게 본격적인 쟁탈전이 시작되고는 했었어. 나는 너한테 가까이 붙어서 필사적으로 필통을 가져가려고 애썼어. 그러다가 내 손이 조금에라도 너의 몸에 스칠 때마다 너는,

"꺄악, 너 변태야? 어딜 만지는 거야?"

따위의 소리를 하면서 나를 놀리고는 했었지.

"애초에 이 상황을 유도한 건 너거든! 그냥 빨리 주면 될 거 아니야."

그러면 얼마 지나지 않아서 너는 선심을 쓰듯이 말했어,

"그래, 알았어. 내가 마음이 넓으니까 이 필통을 너한테 줄게."

하지만 너의 말과는 달리 너는 필통을 든 손을 좀처럼 내리지 않고 여전히 높이 들어올리고 있었지.

"뭐해? 빨리 가져가라니까."

그러면 나는 까치발을 들고 안간힘을 써서 그 필통을 너한테서 채가려고도 해봤어. 하지만 그러면 그럴수록 너는 손을 더 높이 뻗으면서 나를 약올리기 일쑤였지.

"어라? 이상하다? 혹시 이것도 키가 안 닿아?"

"아, 얄미워, 진짜!"

이런 식으로 물건 쟁탈전은 한번 시작되면 쉬이 끝나는 법이 없었어.

그러다가 한번은 마침내 그 일에 마침표를 찍는 일이 생겼지. 점심 시간 내내 필통을 두고 뛰어다니고 쫓아다니는 추격전을 벌이느라 우리 둘 다 기진맥진하게 되었던거야.

"아, 앞으로는 이러지 말아야겠어. 그 시간에 공부를 했어야 됐는데……."

네가 거의 쓰러지다시피 책상에 엎드려서는 그렇게 말했어.

"그런 생각은 좀 진작에 하면 좋았잖아? 왜 그렇게 나를 못 괴롭혀서 안달이야?"

"너는 내가 아는 한 가장 지혜로운 사람이야," 네가 내게 말했어, "조금만 더 생각해 보면 내가 왜 이러는지 알 걸."

"생각이라면 더는 하고 싶지도 않아. 지금은 너무 힘들어서 머리가 돌아가지도 않고."

겨우 헐떡거리던 숨을 골라낼 수 있었을때쯤에 내가 말을 쏟아내었어,

"그리고 있지, 나도 전에는 너의 행동에 대한 이유들을 생각해 보려고 했었다? 뭐 무슨 더 깊은 의미가 있겠거니 생각해 보려고도 했단 말이야. 그런데 아니야, 아닌 것 같아. 네가 나한테 못 되게 구는 건 그냥 못된 거야."

너는 그 말에 곧바로 대답을 하지 않았어. 한참 숨을 고르고 나서야 너는 나지막한 목소리로 내게 물었지,

"그런데 내 옆자리가 비어 있다는 건 못 봤어?"

"그건 갑자기 무슨 얘기야?"

나는 너의 느닷없는 그 말을 어떻게 해석해야 할지 알 수가 없어서 물어보았어,

"설마 이제껏 너의 옆자리에 안 앉아서 계속 심술을 부리고 있었다는 거야?"

너는 대답하기 곤란한 많은 질문들에 주로 그랬듯이 그 말에 긍정도 부정도 하지 않았어. 나는 이제까지 뛰어 다니며 고생을 했던 생각에 짜증이 나서 말했어,

"야, 이 미친 놈아… 이유가 뭐였든 간에 그건 말로 해도 될 일이었잖아!"

스페이드 J_

전에 만나기로 얘기 했었던 자리에서 우리는 싸웠어. 지금 생각해 보면 무슨 일을 두고 싸웠는지도 잘은 기억이 나지 않아. 전날 네가 나를 일방적으로 불러냈던 거에 대해 화가 나서 그랬던 것 같기도 해. 어쨌거나 그 자리에서 가 버리겠다고 소리 치는 나를 간신히 붙잡고 있던 너의 모습은 여전히 생생하게 기억나.

"내가 잘못했어. 내 얘기도 좀 들어봐 줘. 응?"

"아니, 싫은데? 내가 지금 그런 얘기 들어주게 생겼어?"

"그래? 그럼 내가 어떻게 해야 네 기분이 풀릴까?"

근래에 들어보았던 중에 가장 다정했던 너의 목소리였어. 꼭 예전의 네 모습이 생각이 나는 것만 같아서 마음이 흔들렸지. 하지만 마음이 약해진 걸 들키고 싶지는 않아서 괜한 불평을 했어,

"너는 맨날 제멋대로야."

"아, 아니면 우리 어디서 같이 먹으면서 얘기할래? 우리 그 떡볶이집 어때?"

"그런 식으로 무마하려고 하지 마. 나 너랑 같이 먹는 거 싫어! 떡볶이는 특히나!"

너는 그 말에 놀란 표정을 지어 보였어. 그럴 만도 하지. 뜻하지도 않은 말이 튀어나와 버려서 내 스스로도 당황스러울 지경이었으니까.

"그래, 미안해,"

그런데 너는 좀 전의 놀란 표정을 금방 거두고서는 다시 조곤조곤한 목소리로 말했어,

"그런데 지금은 잠깐 내 얘기도 좀 들어봐 주라, 응?"

"우리가 무슨 얘기가 더 필요해?"

"그러지 말고 내게 기회를 줘. 설명할 시간을 줘. 내가 너를 앞으로 더 배려할 수 있게."

감정적으로 흥분해 있던 나와 달리 너는 무척이나 침착해 보였어.

"지금까지는 내가 기회를 주지 않았다고 생각해?"

내가 떨리는 목소리를 최대한 뭉개면서 너에게 화를 냈어.

"그래, 미안해. 그런데 경범죄도 몇 번까지는 봐주기 마련이거든. 그러니까……."

"무슨 법 같은 소리야. 이제 나는 네가 뭐라고 하든 그냥 다 싫다니까!"

"아, 그래서 이제는 내 꼴도 보기 싫어?"
"그래!"
"내가 차라리 나가 죽었으면 좋겠어? 그 정도로 싫어?"
"……."
"그래. 그런 게 아니라면, 내가 죽을 만큼 싫은 게 아니라면, 내게 기회를 줘. 앞으로 너의 유일한 편이 되어 줄게."
그런 말을 하는 네 모습이 너무 이상하게 느껴져서 너를 한참이고 쳐다보았어.
"내가 더 잘할게," 네가 말했어, "그 누가 뭐래도, 너의 곁에 있어 줄게."
너의 그 말을 듣는 순간 심장이 다시 또 두근거리는 것만 같았어. 그렇지만 나는 마음에도 없는 괜한 말을 했지,
"영화를 너무 많이 본 거 아니야? 누가 보면 너 지금 나한테 청혼이라도 하는 줄 알겠다?"
나는 내가 그 정도로 말하면 너도 나에게 화를 낼 줄 알았거든. 그런데 너는 오히려 한층 더 진지한 목소리로 이렇게 말하더라,
"약속할게. 그러니까 함부로 나랑 관계 끊겠다고 하지 마."
네가 그렇게까지 말하니까 도리어 혼란스러웠어. 나는 그동안 네가 내게 무신경해졌다고 생각했거든. 나한테서 점점

멀어지고 있고 네가 나를 우선순위에서 점점 밀어내고 있다고. 나를 어느날 갑자기 불러낼 만큼 무례하고 내 입장을 존중해 주지 않는다고 생각했어. 그런데 나한테 아무 관심도 없어 보였던 네가 내게 미안하다고 말을 하는 데에서부터 이 상황이 당최 이해가 가지 않았어. 그래서 하다못해 이렇게까지 물어보았어,

"너는 혹시 내가 그렇게 불쌍해 보여?"

"아니, 그건 무슨 자격지심이야."

"그럼 대체 나한테 왜 그렇게까지 하는 건데?"

"음…… 그건 말이지,"

너는 잠시 뜸을 들이더니 이렇게 말했어,

"도교에서는 음과 양이 있다고 그래. 이 음과 양의 화합을 통해 세상의 조화가 이루어진다고 하지. 그러니까 나도 너와……."

"그런 일장 연설 집어치워. 그게 네 진심도 아니잖아."

"나 방금 매우 진지했는데," 네가 억울하다는 듯이 말했어,

"그리고 애초에 대체 무슨 이유가 더 필요하지? 사람과 사람 사이 관계에 꼭 어떤 이유가 있어야 하는 건 아니잖아?"

"사람? 애초에 네가 사람이기는 해?"

"어… 굳이 말하자면 그렇지? 아무튼 그게 중요한 게 아니

잖아."

"그럼 그게 아니면 뭐가 지금 중요한데?"

"너," 네가 바로 대답했어, "나한테는 네 마음이 제일 중요해. 그러니까 이제는 내가 묻는 말에도 대답을 해 줬으면 좋겠어."

너는 나와 눈높이를 맞추고서는 물어보았어,

"아직도 기분 많이 상했어?"

내가 대답이 없자 너는 내 손을 잡고서는 다시 물었어.

"그래, 알았어. 그러면 어떻게 해야 마음이 좀 풀릴 것 같은데?"

"아 진짜, 그냥 오늘은 이걸로 끝내면 안 돼?"

내가 네 손을 뿌리치고 신경질적인 목소리로 그렇게 물었어. 이미 기분이 한참 상한 상태에서 더 말을 해 봐야 좋을 게 없어 보였거든.

그런데 너는 그 말에 완강하게 고개를 저었어.

"지금 가버리면 이대로 끝이야."

"다음에 얘기하던가 해."

"아니, 그런 건 없어. 기회는 오늘 뿐이야."

너도 그때부터는 쉽게 물러서지를 않더라.

"그렇게 말하면 나도 별수 없어. 나는 이만 집에 갈 거야."

“잘 생각해. 정말 이렇게 끝내고 싶어?”
나는 그 말에 발걸음을 돌려서 너에게 다시 물었어.
“그러면? 지금 이 상황에서 무슨 얘기를 더 할 수 있는데?”

하트 10_

밖에는 줄곧 비가 내렸어. 하필이면 우산을 들고 오는 걸 깜빡한 날이었는데, 내게 우산을 빌릴 만한 친구가 너 말고도 또 있었을 리는 만무했지. 그렇다고 그렇게 너와 크게 싸워 놓고서는 우산을 빌리러 갈 수도 없는 노릇이었어. 너하고는 이렇다 할 제대로 된 화해도 하지 않았으니까.

그래서 별다른 도리를 찾지 못해 빗속으로 혼자 뛰어들려고 하는데, 우산을 든 사람 한 명이 내 앞을 가로막았어. 그리고는 속삭이듯이 내 이름 석 자를 불렀지.
“백진아,”
언제나처럼 나를 떨리게 만드는 그 목소리는 너의 것일 수밖에는 없었어.
“비켜. 길 막지 말고,”
나는 떨리는 내 마음을 애써 숨기고 너를 밀어내려고 했어. 그런데 너는 그런 나를 확 끌어당겨 네 품으로 끌어당겼어.

무슨 로맨틱한 영화의 한 장면처럼.

"네가 나한테 그렇게 화가 많이 나 있었을 줄은 몰랐어," 네가 말했어, "정말 미안해."

그 말에 내 얼굴이 확 달아올랐어. 너를 미워했으면서도 가슴은 또다시 두근거리는 게 참 이상했어. 그렇게 모순적인 나 자신이 다 미워질 지경이었어. 그쯤 되니 너와 싸웠던 걸 전부 없던 일로 만들어 버리고도 싶었어. 그대로 너를 꼭 안아 버린다면 어떨까 몇 번이고 고민했어. 그 순간이 아니라면 더는 그럴 타이밍이 오지 않을지도 몰랐으니까. 하지만 그렇게 그 모든 일을 없던 거로 만들기에는 내 마음이 아직도 한참 복잡했지. 그렇다고 너를 단호하게 밀쳐내기에는 너를 너무 좋아했고…….

그래서 나는 너를 더 밀쳐 내지도, 그렇다고 더 가까이 하지도 못한 채 그 자리에서 머뭇거리고 서 있을 뿐이었어. 그러다가 고개를 돌려서 그대로 가 버리려는데 네가 나를 잡아 세웠어,

"우산 쓰고 가."

너는 그렇게 말하고는 내 손에 우산 손잡이를 쥐어 주었어. 손끝으로 점자를 읽는 듯한 부드럽고도 조심스러운 손길이

었어. 그 감촉이 왠지 모르게 슬프게 느껴졌어. 마치 그 장면이 내가 기억하는 너의 마지막 모습이 되기라도 할 것처럼.

"우산 접을 때 손가락 다치지 않게 조심하고."

"됐어," 내가 퉁명스럽게 대꾸했어, "이거 너나 써."

"그건 내가 알아서 할게. 쓰고 가."

"치, 이게 다 누구 때문인데."

그 순간 또 너한테 설렘을 느끼는 나 자신이 싫어서 혼잣말처럼 투덜거렸어.

"그러니까."

너는 내 말에 그렇게 대답하고서는 뒤를 돌아 가 버렸어. 그렇게 너는 내게서 점점 멀어져 갔어. 너의 그 뒷모습을 두고두고 그리워하게 되는 날이 올 거라는 걸 몰랐어. 그 날의 일을 두고 두고 후회하게 될 줄을 그 때만 해도 알지 못했어.

하트 J_

내가 고민 끝에 너를 찾아갔을 때, 너는 딱 잘라 내 사과를 거절했어. 그토록 차가운 너의 모습은 처음이었지만, 그런 네가 아주 이해가 안 되는 것도 아니었어. 너로서는 이미 충분히 마음이 많이 상했을지도 모를 일이었으니까.

"알아서 해, 그럼."

그렇게 별수 없다고 생각하며 가려고 하는데, 네가 나를 붙잡아 세웠지.

"잠깐만."

너는 괜히 애먼 데를 바라보며 헛기침을 몇 번 하더니 내게 물었어.

"과제는 다 했어?"

"그 생물 수행평가?"

나는 네 말을 잘못 들은 건가 싶어 다시 물어 보았어.

"응, 생물."

"아니, 아직."

"나도 아직 다 못했어."

"그렇지, 그거 문제 푸는 데에 시간 좀 걸리겠더라."

너는 듣는 둥 마는 둥 고개를 끄덕일 뿐이었어. 너나 나나 서로를 똑바로 바라보지도 못한 채 우리 둘 사이에 광활하게 펼쳐진 극심한 어색함을 겨우 견뎌 내고만 있었지.

그러다가 네가 또 불쑥 질문했어.

"그동안 별일은 없었어?"

"아니, 왜?"

"무슨 다른 이유가 있어서 물어본 건 아니었고…… 너희 가족은 잘 지내?"

"응, 잘 지내."

이건 갑자기 또 무슨 느닷없는 호구조사인가 싶었어.

그리고 다시 이어지는 긴 침묵.

"아니 그럼, 너희 부모님은?"

마지못해 내가 너에게도 물어보았어.

"우리 가족이야 원래 뭐."

너는 그 주제에 딱히 관심도 없었다는 듯 바지를 툭툭 털어내며 말했어. 그리고는 너무나 당연한 얘기를 하는 양 물어보았어,

"매점 갈래?"

"뭐, 너랑?"

나도 모르게 목소리가 한 옥타브는 올라가 버렸어. 조금 전까지 사과를 안 받아주겠다고 으름장을 놓던 사람한테서 듣게 된 말치고는 꽤 놀라워서.

"아이스크림 사줄게."

네가 그렇게 덧붙였어.

내가 그걸 마다할 이유야 당연히 없었지. 거기다가 대고 "너 내 사과 안 받아주겠다며?" 라고 따져 물을 정도로 내가 융통성이 없지는 않았으니까.

다만 나중에 같이 아이스크림을 먹으면서 너한테 물어보기

야 했지,

"나한테 화난 거 아니었어?"

"아니. 내가 너한테 왜 화를 내."

너는 당연한 말을 한다는 듯이 그렇게 대답했어,

"그런데 나한테 두 번 다시는 그러지 마."

"그래, 알았어. 미안해."

생각해 보면 애당초 너한테 왜 그렇게 화를 냈었는지도 잘 이해가 가지를 않았어. 왜 그렇게 너한테 떼쓰는 어린아이처럼 심술을 부렸었는지, 왜 그렇게까지 내 마음을 알아달라고 보챘었는지. 다 하나같이 나답지도 않은 행동들이라서 더 웃겼어.

한쪽 볼에 아이스크림을 가득 물고 있던 너는 내 쪽으로 고개를 돌려 나를 바라보았어. 그리고는 환하게 웃었어. 나도 그 모습을 보고는 왠지 모르게 너무 행복해져 버려서 별 다른 이유도 없이 같이 웃어 버렸어.

클로버 8_

"떡볶이 먹으러 가자. 내가 살게."

내가 그렇게 말을 꺼냈을때 너는 나를 무척 놀란 얼굴로 쳐다보았어.
"왜 그렇게 봐?"
"너 떡볶이 안 좋아한다며."
"응? 내가 언제?"
"저번에 나랑 싸울 때 나한테 떡볶이 싫어한다고 했잖아."
"아, 그거," 나는 그때의 우스웠던 기억이 떠올라서 다시 또 웃음이 났어, "야, 그건 그냥 해 본 말이지."
그런데 너는 나를 따라 웃어주지 않았어. 도리어 나를 원망하는 듯한 무서운 표정으로 나한테 이렇게 말했지,
"할 말이 있고 안 할 말이 있지!"
"아니, 야, 그렇다고 아주 거짓말은 아니었어. 나 원래 떡볶이는 별로 안 좋아해."
"그럼 이제까지 나랑 떡볶이는 왜 사먹은 건데."
"먹다 보니까 그게 또 적응되더라고."
너는 내 말을 못 믿겠다는 듯한 눈치였어.
"진짜야," 나는 내 무죄를 입증하기 위해 더 힘주어 말했어. 그쯤 되니 너의 침묵이 점점 더 무서워져서 나는 일부러 더 밝은 목소리로 말했어,
"그러니까 나랑 떡볶이 먹으러 가자, 응?"
너는 그 말에 한숨을 푹 내쉬더니, 뜻밖에도 전혀 예상치도

못한 말을 내뱉었어,

"여자들이란!"

나는 그런 너를 한참 멍하니 바라보다가, 풋, 하고 그만 웃음을 터뜨려 버렸어. 나중에는 아하하하, 소리 내어 그 자리에서 한참을 웃었지. 생각하면 할수록 어딘가 모르게 너무 웃겼어. 네가 느닷없이 그런 말을 했다는 게.

"아, 진짜," 내가 거우 웃는 걸 멈추고 말했어, "미안하지만 모든 여자들이 다 이렇지는 않아."

"그래, 그렇겠지. 이 까다로운 아가씨야."

나는 그 말에 또다시 꺄르르 웃어 버렸어.

어쩌면 네 말을 그렇게 웃어넘기지 말았어야 했는지도 몰라. 하지만 그때는 마냥 다 좋았어. 너와의 일들이 다 처음으로 되돌아온 것 같은 그 느낌이 들었었거든. 두 번 다시 이어 붙일 수 없는 줄로만 알았던 관계를 다시 붙여 놓았다는 사실만으로도 너무나 감격스러워서 그 이상 다른 생각을 할 겨를조차 없었어.

다이아몬드 Q_

그래, 우리는 그러고도 꽤나 오래 만났었지. 그 동안 너는 내 옆자리에서 장난을 정말 많이 쳤었어. “떼에에에엑”이나 “빼애애애액” 같은 이상한 소리를 내기도 하면서. 나를 콕콕 찌르거나 내 볼살을 쭉 잡아당기기도 하고.

“네가 어린애냐, 애는.”

그렇게 내가 핀잔을 줘도 너는 뭐가 그리 좋은지 마냥 해맑게 웃는 얼굴이었어. 그런 너를 내가 어떻게 좋아하지 않을 수 있었겠어. 사랑받아 마땅한 천진한 소년이었던 너를. 그런 너의 모습은 점차 내 일상의 일부가 되어갔어. 학교 매점에서 매번 사 먹던 멜론빵이나 너와 하굣길에서 늘 같이 먹던 떡볶이처럼. 멜론빵, 떡볶이, 신동우. 오락실 게임, 지겨운 공부, 그리고 신동우. 너는 어디에 놓아도 위화감이 없는 일상의 한 부분이 되었어.

그런데 익숙해지더라도 너에게 완전히 무뎌질 수 있는 건 아니었어. 너의 그 익숙한 체취는 여전히 내게 진한 감정을 불러일으켰어. 너를 보지 못하면 오랜 시간 보지 못한 가족처럼 애틋한 마음이 들고는 했어. 네가 나의 당연한 일상이 되어 갈수록 나는 오히려 네가 더 좋아졌어. 이전과는 또 다른 방식으로, 말로 표현하기도 힘들 만큼의 더 벅찬 감정으로. 그렇게 하루가 다르게 네가 점점 더 좋아졌어. 그리고 네가 좋아질수록 너를 잃어버릴까 봐 두려운 마음도 점점 더 커져만 갔어. 우리 사이에 점차 말이 줄어들어 가고 있다는 걸 느끼게 되면서부터는 더욱 더. 그렇다고 해서 우리가 말을 하지 않아도 될 정도의 사이가 되었다는 확신도 없었으니 말이야. 실은 당장에 네가 바로 옆에 있을 때에도 네가 무슨 생각을 하는지를 종잡을 수 없을 때가 많았으니까.

하지만 너랑 같이 마주 앉아 있던 어느 날에 나는 문득 그런 생각이 들었어 — 어쩌면, 아주 어쩌면, 너도 정말 나와 같은 마음일지도 모르겠다고. 물론 내가 잘못 생각하고 있는 것일지도 몰랐지. 그런데 너의 행동을 설명할 방법이 그것 말고는 달리 없어 보이기도 했어. 너도 분명 내가 옆에 있기를 바라고 있었어. 특별한 말 없이도 마음을 물들이는 진심에서부터 느낄 수가 있었어. 너와 내가 같은 생각이라는 걸.

너를 만나게 되어 참 다행이었어. 그렇게 생각해 보면 모든 게 다 다행스러웠어. 내가 함부로 삶을 져버리지 못할 만큼 겁이 많아서 다행이었어. 미래가 더 나을지도 모른다는 막연한 생각 하나로 어찌어찌 잘 버텨 와서 참 다행이었어. 더 살아 봐야 좋을 게 더 없다고 생각했었을 때에도 한 줄기의 막연한 희망만을 끈질기게 붙잡아서, 그렇게 악착같이 살아남아서도 다행이었어. 너를 만나게 되었다는 그 이유 하나만으로도 모든 건 정말이지 다행이었어.

앞으로 내 앞에 펼쳐질 인생은 실낱같은 희망에 악착같이 매달려서 겨우 버텨낼 수 있을 만한 힘든 나날들이 될지도 몰랐어. 그래도, 그렇다고 할지라도, 이제는 계속 살아 있고 싶어졌어. 너를 다음 날에도, 또 이어지는 그다음 날에도 보고 싶었으니까. 그렇게 네가 내 옆에 있는 한 나는 끊임없이 살고 싶었어. 내가 너와 혈연만큼이나 진한 운명의 끈으로 연결되어 있을 거라고 믿고 싶었어. 내가 쥐고 있는 빨간 운명의 실 끝자락에 서 있는 것이 너이기를 나는 간절히 바라고 또 바랐어.

스페이드 Q_

너의 거짓말들은 대개 시간이 지나고 나서 들통나고는 했지. 이를테면 우리가 누가 마지막 닭다리를 먹을 것인지를 두고 치열하게 싸우던 날에 밝혀진 진실처럼.

그날, 한참 실랑이를 벌이던 끝에 마지막 남은 닭다리를 가져간 건 너였어. 너는 정말이지 그 닭다리를 참 맛있게도 뜯어 먹었어. 뼈에 달린 살 하나하나까지 쪽쪽 빨아먹어 가면서.

그런 너를 보고 있자니 인터넷에서 본 글이 떠올랐어.

[사랑이란 상대에게 닭다리를 양보할 수 있는 마음]

그 글귀에 대한 갑론을박을 벌이던 사람들의 댓글들도 아직도 기억나. 어떻게 가장 맛있는 닭다리를 양보할 수 있겠냐고 난리를 치던 이들의 반응도. 그렇지만 나는 그런 글을 보지 않았더라도 꽤 감동했었을 거야. 네가 일 년 전쯤에 내게 그렇게 무심히 내주었던 닭다리가 네가 가장 좋아하는 부위였다는 걸 진작 알았더라면.

스페이드 4_

담임 선생님이 우리 반 모두에게 치킨이랑 피자를 쐈던 날이었지. 그 날, 너는 내게 무심히 내게 닭다리 하나를 건네주며 분명히 이렇게 말했어,

"나는 닭다리를 안 좋아해."

"진짜? 정말 안 먹을 거야?"

나는 한참이고 너의 표정을 살폈지. 네가 정말 닭다리를 싫어하는 걸지, 아니면 선의의 거짓말을 하며 내게 음식을 양보하는 것인지 알 수가 없어서. 그런데 너는 정말 더 말하기 귀찮다는 듯 심드렁하게 굴 뿐이었어.

나중에 너랑 닭다리를 두고 싸우게 되면서야 네가 그때 내게 가장 좋아하는 부위를 양보했었다는 걸 알게 된 거지. 그걸 알게 된 게 하필이면 너에게 더 이상 그럴 마음이 사라지고 나서라는 게 문제라면 문제였지만.

왜 우리는 서로를 위한 마음이 가장 뜨거웠던 때를 그 마음이 한참 식고 난 뒤에야 알게 되는 걸까? 네가 나에게 무엇을 양보해 주었는지 알게 되는 건 왜 하필이면 왜 너에게 더 이상 그럴 마음이 없어지고 난 다음인 걸까? 네가 나에게 있어 어떤 의미였는지를 처음 깨닫게 된 것도 하필이면 또 왜 네가 이미 나를 한참 떠나고 난 뒤였던 걸까?

다이아몬드 10_

나는 편의점에서 아르바이트를 하는 네가 걱정이 되고는 했었어. 그렇지만 너는 손사래를 치면서 더 이상 찾아오지 말라고만 했었지. 그래도 나는 네가 일한다던 시간에 너를 몰래 보러 가고는 했어. 그러다가 너와 잘못 눈이 몇 번 마주쳤지.

"오지 말라고 했잖아."

네가 단단히 화가 난 목소리로 내게 말했어.

나는 기어들어가는 목소리로 핑계를 대 보려고 했지,

"일부러 온 거 아닌데… 우연히 지나가다가 본 거야."

"우연히? 너는 나랑 그렇게 우연히 몇 번씩이나 마주쳐?"

나는 그 말에 아무 대답도 하지 못했어. 나를 타박하는 네 말투에 점점 작아지는 것만 같은 기분이 들었어.

"오지 말라면 오지 마. 아니, 우리 부모님도 안 오는 걸 네가 왜 와."

너의 말투 어딘가가 내 가슴을 쿡쿡 찌르는 것만 같이 아팠어. 잠깐 얼굴만 좀 비추는 게 뭐 어때서, 라고 당당하게 항의하고도 싶었어. 아니면 방해하지 않을 테니까 종종 방문이라도 하면 안 되겠냐고 설득이라도 하고 싶었어. 내가 그렇게 찾아가지라도 않으면 너는 나를 더 이상 만나주지도 않았을 테니까. 그때의 너는 나하고 몇 번 대화조차 나누지를 않았잖아. 나는 너와의 시시콜콜한 다툼마저도 그리워질 정도였어. 그래서 그저 네가 보고 싶어졌던 거였어. 네 얼굴이라도 좀 보고 싶어서 굳이 시간을 내서 찾아갔던 거라고.

그런데 내가 그 자리에서 그렇게 말을 했어봐. 너한테는 내가 무슨 응석을 부리는 철부지처럼이나 보였겠지. 나는 가뜩이나 충분히 지쳐 있는 너한테 나까지 짐을 더 얹어주고 싶지는 않았어. 그래서 너를 또 이해하고 넘어가기로 했지. 더 하고 싶은 말이 많아져도 참고 더이상 하지 않게 되었어.

그렇게 네가 말해주지 않는 것들만큼이나 내가 물어보지 않는 것들이 점차 늘어갔어. 그러자 우리 사이에는 더이상 서운하다는 말도, 힘들다는 말도, 속상하다는 말도 존재하지를 않게 되었어. 서로를 이해한다는 명목 하에 우리는 더이상 싸우지도 않게 되었어. 그게 서로를 너무나도 잘 알게 되었기 때문일 거라고 생각했었어.

하트 Q_

"이번 주말에 나랑 영화 보러 갈래?"

너의 그 말은 그 어떤 변화도 없을 것만 같던 우리 관계에서의 갑작스러운 변주였어. 물론 네가 거기에 한 마디 더 덧붙이기는 했지만,

"아, 오해하지는 마, 때마침 공짜 영화표가 생겨서 물어보는 것뿐이니까."

"아, 그래?"

"응. 그래서 너랑 같이 보려는 거야. 절대 다른 뜻이 아니고."

너는 몇 번이고 나에게 "다른 뜻"이 없었음을 강조했어. 나는 그걸 줄곧 강조하는 네 말투가 거슬렸지만, 아무래도 좋았어. 최대한 피하고 싶었던 너와의 끝을 미룰 이유가 하나 생겨난 셈이었으니까.

영화관에 가기 며칠 전부터 무슨 옷을 입어야 할지 한참이고 고민했어. 옷장 속을 몇 번이나 뒤져 보았는지 몰라. 너는 같이 영화를 보러 가는 데에 별다른 뜻이 없는 양 말했지만 나한테는 그래도 그게 그렇지 않았어. 늘 입던 교복 와이셔츠에 치마가 아닌 다른 옷을 입고 너를 만난다는 것만으

로도 완전히 색다른 기분이 들었거든. 그런 너와의 만남이 '데이트' 같다는 생각을 좀처럼 지울 수가 없었어.

약속 장소에서 나를 먼저 발견한 너는 내게 손을 흔들어 보였어. 그 모습이 너무나 익숙하면서도 다른 한편으로는 너무나 낯설게 느껴졌어. 너와 영화를 보러 가는 게 처음이라 그랬던 걸지도 모르겠어. 아니면 흰색 티에 청바지로 '데이트룩의 정석'과 같은 코디를 하고 있는 너랑 주말을 함께 하는 게 너무나 오랜만이어서였는지도.

"별다른 뜻이 있어서 만나자고 한 건 아니야."
너는 내가 인사도 하기 전에 그 말부터 꺼냈어.
"알아, 오해 안 해! 너 그 말만 몇 번째거든," 내가 쏘아붙였어, "이 쫑알쫑알 말 많은 친구야."

다이아몬드 K_
어떻게 보면 굉장히 사소한 일들이었어. 이를테면 네가 이제까지 내 앞에서는 거의 한 번도 쓰지 않던 욕을 유난히 자주 쓰게 되었다던가 하는.
"아, 씨발, 진짜."

한번은 네가 나를 옆에 두고 그렇게 말했어.
“내가 왜 너한테 씨발 소리를 듣고 있어야 하냐.”
“아, 왜, 맞잖아.”
내가 한참이고 말이 없자 너는 그제서야 내 표정을 살피더니 물었지.
“방금 그것 때문에 삐졌어? 뭘 또 새삼스럽게.”
너한테는 그게 새삼스러운 일이었던가 싶어서 나는 너를 다시 노려보았어. 너의 험한 말들이 익숙해질 대로 익숙해진 무렵이기는 했어. 네가 없을 때도 너의 그런 가시박힌 말들이 귀에 윙윙 울리는 것만 같을 지경이었어. 여름날에 목청을 놓아 우는 성가신 매미 소리만큼이나 귀에 따갑게 느껴졌어.

그리고 시간은 계속 흘러만 갔어. 다음 날도, 또 다음 날도 그렇게 금방 지나가 버렸어. 이번이 마지막이다, 이번이 진짜 마지막이다, 하며 너와의 끝을 미루는 것도 몇 번째였어. 그럴 때마다 내 발목을 잡는 건 앞으로 무언가가 더 나아질지도 모른다는 희망이었어. 어쩌면 너와 헤어지지 않고도 좋은 해결책을 찾을 수 있을지도 모른다는, 그까짓 작은 희망.

그런데 어느 날부터인가 너는 갑자기 학교에를 나오지 않았어. 전화도, 문자도 받지를 않았지. 혹시나 하는 마음에 네가 일하던 편의점에도 다시 가보았지만 네가 보이지를 않았어.

며칠이 지나서야 너는 아무 일도 없었다는 듯이 학교에 다시 왔지. 그런데 너는 나를 보고도 아는 체조차 하지 않았어. 결국 내가 수업이 끝나고 너를 직접 찾아갔지.

"뭐야, 나 기다리고 있었어?"

퉁명스럽게 묻는 너는 아무래도 평상시답지 않았어.

"학교에는 왜 안 나온 거야?"

"그건 개인 사정."

네가 내 눈을 피하면서 말했어.

"그럼, 편의점 일 그만둔 건?"

"너 왜 또 편의점에 갔었어?"

"네가 먼저 전화 안 받았잖아!"

나는 그 와중에 그걸 따져묻는 너에게 화가 나서 목소리를 살짝 높여 말했어.

"아, 그것도 개인적인 사정이라."

할 수만 있다면 너한테 한참은 쏟아내고 싶은 질문들이 많았어. 그런데 내가 더 따져 물었다가는 네가 나한테서 더 멀어질 뿐인 것만 같았어. 너는 이미 나한테서 등을 돌리고 가버리려고 하고 있는 것 같아 보였으니까.

"야, 잠깐만!"

나는 너를 잠시라도 더 붙잡아 세우려고 미리 사둔 막대 사탕 하나를 가방에서 꺼내어서 네 앞에 흔들어 보였어.

"너 이거 좋아하잖아."

"아, 고마워."

너는 내게 고개를 돌리지도 않고 시선조차 주지 않은 채 손만 밖으로 내밀어 보였어. 나는 그런 네 손에 사탕을 꼭 쥐어 주며 말했었지,

"먹고 힘내!"

너는 그 말에 대꾸도 하지 않고 그대로 가버렸어. 그런 너의 뒷모습을 보고 있자니 묻고 싶은 질문이 하나 더 늘었어.

'너는 왜 매번… 그런 식이야?'

클로버 Q_

곧바로 너를 싫어하게 된 것도, 지겨워하게 된 것도 아니었

어. 그보다는 그저 우리 사이에 뭔가가 더 있었으면 좋겠다는 바람이 있었던 것 뿐이었어. 언제부터인가 이 관계에서 매번 이런 식으로 불만을 삭히는 건 늘 내 쪽인 것만 같이 느껴졌으니까.

어쩌면 그건 우리의 화기애애했던 대화가 서서히 침묵 속에 묻혀 가면서부터 예견된 일이었는지도 몰라. 진작에 한참 전부터 같은 길을 걸으면서도 우리는 서로 다른 생각을 하고 있었던 걸지도 모르겠어. 우리의 마음이 같은 형태이지는 않을 수도 있었다는 걸, 애초에 너의 마음과 나의 마음이 아주 같을 수는 없었다는 걸 너무 늦게나마 깨닫게 된 것 같아. 우리 사이에 사소해 보이는 차이가 너와 나를 영영 갈라서게 할 수도 있다는 걸 당시에는 몰랐었으니까.

그때까지만 해도 나의 마음은, 너와 조금이라도 더 오래 함께 있고 싶은 마음이었어. 우리 사이에 남은 게 과거에 박제된 추억들뿐이라고 할지라도, 그 빛바랜 시간 속에서라도 너와 함께 하고 싶었어. 그러기 위해서 내 감정을 조금만 더 숨겨야 한다면 나는 기어이 그렇게 하고 싶었어. 제아무리 마음이 곪아 터지도록 감정을 참아내야 한대도, 네가 없는 미래를 사는 것보다야 한참 나을 거라고 생각했으니까.

그래서 나는 화가 나도 웃는 방법을 배웠어. 너에게 하고 싶은 말이 있어도 입을 꾹 다무는 법을 배웠고, 괜찮지 않아도 괜찮은 척하는 법을 익혔어. 그러면 그럴수록 내 마음속에는 해소되지 못한 감정들이 점차 쌓여갔어. 너를 오직 내 옆에만 두고 싶다는 생각이, 너를 꼭 끌어안고 싶다는 욕망 같은 것들이, 그 어디에도 해소되지 못한 채 먼지처럼 켜켜이 쌓여갔어. 줄곧 모른 척 해왔던 그 감정들은 외면했던 사이에 오래 쌓이고 쌓여서 아주 커다란 뭉텅이가 되어 버렸어.

그 울분을 끌어다 모아 너에게 조준하려고도 했었어. 그런데 그럴 때면 그 감정은 적의의 형태를 띠게 되었어. 그러면 나는 화들짝 놀라 그 울분의 마음을 다시 꾹꾹 눌러 다시 마음속 깊은 곳에 묻어 두려 했었어. 그런 추악한 마음이 너를 향해 있게 만들고 싶지는 않았으니까. 그렇게 나는 그 마음을 네가 아닌 나에게로 다시 돌렸어. 나 혼자 괴롭고 초라해지는 편을, 나 혼자 울고 화내고 답답해하는 편을 택하기로 했었어. 그리고 너를 그 위험한 마음으로부터 멀리해야겠다고 생각했지. 그렇지 않으면 언젠가 너에게 화를 입히게 될 것만 같았으니까. 그렇게 온전히 간직하지도, 그렇다고 아예 폐기하지도 못한 나의 마음은 점점 빛이 바래 갔어. 카페라테와 같은 달달함을 잃어가고 미각을 마비시킬 만큼 쓴맛을 내게 되어 버렸어. 사람이 얼마나 지리멸렬해질 수 있는지, 어느 만큼까지 초라해질 수 있는지 몸소 보여주는 쓰라린 증거가 되어갔어.

나는 내 마음을 그렇게나 오랫동안 방치해 두었을 때에 생길 수 있는 문제에 대해서는 알지 못했어. 지나치게 꾹꾹 눌러 둔 감정들이 언젠가는 폭발해 버릴 수 있다는 것도, 그래서 너와 나 모두를 오히려 더 크게 다치게 할 수도 있다는 것도 알지 못했어. 그저 언젠가부터인가 너를 좋아하는 게 아닐지도 모르겠다는 생각이 들었어. 나는 누군가를 좋아하는 일이 여느 드라마나 영화에서 나오는 것처럼 아름답기만 할 줄 알았거든. 때로는 좋아하는 마음이 도리어 추악한 형태를 띨 수도 있다는 걸 그 때는 몰랐어.

그걸 알았더라면 무언가가 달라질 수 있었을지 자꾸만 생각해 보게 돼. 그랬더라면 내가 기억하는 우리의 이야기도 조금은 달라질 수 있지는 않았을까 해서. 그로부터 얼마 뒤에 마주한 우리의 결말이 조금이나마 덜 아쉽게 느껴지지는 않았을지도 몰라. 이제 와서는 다 의미 없는 가정이라는걸 알면서도 자꾸만 그런 후회를 하게 돼.

하트 K_

너는 영화를 보면서 괜히 팝콘을 계속 뒤적거린다거나 하지 않았어. 어색한 자세로 몸을 이리저리 비틀지도 않았고, 여느 영화 남자 주인공들처럼 주저주저하면서 내 쪽으로 몸을 기울인다거나 하지 않았어. 그러는 일 없이 바로 덥석, 내 손을 잡았어. 마치 그게 너무 당연한 일이라도 된다는 듯이.

"잠시만 잡고 있을게."

다만 무슨 설명이 필요로 하다고는 느꼈는지 한 마디 덧붙였어,

"내가 이런 걸 좀 무서워해서."

"뭐가 무서운데?"

"소리가 크잖아. 총소리도 그렇고 대포 소리도 그렇고."

네 말대로 영화에서는 포탄 소리가 시끄럽게 나고 있기는 했어. 쿵쿵, 귀가 다 울리도록 크게. 세차게 뛰던 내 심장 소리까지 그 소리에 다 묻혀 버릴 만큼.

"수업 시간에 전쟁 영화는 잘만 봤으면서,"

내가 너를 놀리면서 말했어.
"그건 이렇게 큰 화면이 아니었잖아."
이전 같았으면 나도 네 말을 믿었을 거야. 하지만 그 때 그러기에는 이미 너의 허술한 거짓말들을 여러 차례 경험하고 난 뒤여서, 이제는 서로 속고 속아주는 거짓말인 셈 치는 거였지. 너의 말을 믿거나 말거나, 나도 굳이 네 손을 놓고 싶은 마음은 없었으니까.

앞으로도 두고두고 기억하게 될 것 같아, 내 손 전부를 다 감싸 안을 만큼 컸던 네 손의 감촉을. 손끝으로 읽어 내려갈 수 있을 것만 같았던 네 손에 핏줄 하나하나도.

클로버 K_

"너 설마 아직도 울어?"
나는 영화가 끝나고 한참 시간이 지나고서도 울고 있었어. 네 질문에 대답할 수도 없을 만큼 아주 꺼이꺼이.
"야, 너 계속 이렇게 울 거면 두고 가 버린다?"
"그래, 먼저 가."
"아니, 야, 내가 가긴 어딜 가. 그냥 해 본 소리지."
나는 네 말에 겨우 고개를 끄덕이며 훌쩍거렸어.

"대체 왜?"

영화관 건물을 빠져나오면서 너는 내게 물어보았어. 내가 그렇게까지 울었던 게 좀처럼 이해가 가지 않는다는 표정이었어.

"슬프잖아."

"뭐가 그렇게 슬픈데?"

"주인공이 억울하게 죽은 게 마음이 아파서……."

"아니, 나도 영화는 봤으니까 그건 알지. 그런데 그게 네 일도 아니잖아."

"그럼 그게 남 일이야?"

"당연히 남 일이지. 그것도 허구의 인물인데."

"너나 내가 사랑하는 사람들이 그렇게 억울하게 죽을 수도 있는 건데도? 그건 누구에게나 일어날 수 있는 일이잖아."

"아니, 그런 일은 일어나지 않아."

너는 마치 이 세상 모든 불행에 면역이기라도 한 것처럼 쉽게 대답했어.

더 따져 묻고 싶었던 내 마음을 읽었던 건지, 너는 한번 푹 한숨을 쉬더니 이렇게 말했어,

"그래. 나도 어렸을 때는 너처럼 영화에 나오는 사회적 정의니 뭐니 하는 개념을 운운했었어. 그런데 있지, 그거 결국

다 아무 소용 없는 얘기다?"

"너 같은 사람들 때문에 소용이 없어지는 게 아니고?"

"그래. 그렇다고 치자. 그런데 그게 뭐? 사람은 어차피 다 죽어. 지금, 이 순간에도 사람들은 죽고 있어. 내가 신경을 쓰거나 말거나 변함없이, 아주 일상적으로."

"너는 무슨 말을 그렇게 해?"

"그러는 너는. 내가 지금 이런 일로 너랑 또 싸워야 해?"

나는 너를 쏘아보며 마지막으로 항변하려 했어. 하지만 너는 그런 내 팔을 네 쪽으로 잡아끌며 말했지,

"그러지 좀 마, 응? 기분도 풀어줄 겸 맛있는 것도 사 줄게. 츄러스 어때, 츄러스? 응?"

내가 너를 알게 된 지 얼마 되지 않았을 때와 같던 다정한 목소리였어.

우리는 그 날 평소보다 더 많은 대화를 나누었고, 평상시보다 더 많이 웃었어. 날씨도 끝내주게 좋았고 풍경도 더할 나위 없었지. 그 날은 여러모로 다른 날들보다도 한참 더 괜찮은 날로 기억될 수 있을 만 했어.

다만 딱 하나 차이가 있었다면, 하필 내가 그 날 그 순간에

내가 이제껏 외면해 왔던 많은 질문들을 마주해 버렸다는 것이었어. 더 이상 내 발걸음에 맞춰 주지 않고 빨리 앞서가던 너의 뒷모습을 보면서 전에 해 보지 못했던 생각을 하게 되었어. 그래서 그날 너에게 대뜸 물어보았던 거야,

"내가 대체 어쩌다가 너랑 친해진 걸까?"

"같은 고등학교 오게 되면서."

"그 뜻이 아니잖아, 멍청아."

스페이드 A_

그러다가 그 여자 애를 만나게 된 거였어. 너한테 유달리 반갑게 인사하던 애.

내 또래로 보이던 그 여자애는 너에게 유독 호들갑스럽게 반응했어. 그리고는 한참 동안 너를 놓아주지를 않았지. 마치 나를 그 자리에 없는 사람 취급하는 듯한 태도였다고 나는 느꼈어. 그래서 나는 사실 그 애가 싫었어. 그런데 너랑 아는 사이라고 하니까 가만히 있었을 뿐이야.

그리고 내 기분이 안 좋아진 이유는 따로 있었어. 그 애를 처음 봤을 때 들었던 어떤 이상한 감정 때문이었어. 그걸 대

체 말로 어떻게 설명해야 할지 아직도 감이 안 오는데, 굳이 말하자면 마치 머릿속에서 비상 사이렌이 시끄럽게 윙윙 울리는 듯한 기분에 가까웠어. 그런데 정작 그 사이렌이 왜 울리고 있는지조차 알기 힘들었어. 그런데 그 여자애가 네 팔을 자꾸 만질 때, 네 옷깃을 자기 쪽으로 잡아당길 때, 너에게 몸을 숙여서 기댈 때에…… 나는 거의 본능적이다시피 그 이상한 기분을 느꼈어.

"둘이 무척 친한가 봐?"

그 여자애가 가고 나서 나는 너에게 물어보았어. 나는 그 질문을 하면서도 네가 당연히 내 말을 부정해 줄 거라고 생각했지. 나는 이제까지 너한테 그 여자애에 대해 들어본 적이 아예 없었으니까. 그러니 너의 대답은 뜻밖일 수밖에 없었어,

"응, 되게 친해."

"어쩌다가 알게 되었어?"

내가 놀라서 다시 물어보았어.

"아, 전에 학원에서."

그 말을 잇따른 너의 대답은 더 놀라웠지,

"내가 진로 문제로 상담도 좀 해주고 했거든."

"뭐? 진로 상담?"

나도 모르게 한참 큰 소리가 나와 버렸어. 내가 아는 너는, 그러니까 적어도 그 무렵에 내가 알던 너는, '상담' 같은 말이랑 가장 안 어울리는 사람이었거든. 그 무렵에 너는 내가 무슨 말을 하든 심드렁하게 대꾸할 뿐이었잖아. 내가 진지하게 대화를 시도하려고 할 때에도 내 말을 끝까지 들어주는 법 한 번이 없었지. 말을 들어주려는 듯싶다가도 장난으로 무마해 버리기 일쑤였어. 처음부터 끝까지 자기 할 소리는 또 너무나도 열심히 했으면서 말이야. 그것도 내가 듣거나 말거나 껄끄러운 욕설도 서슴없이 섞어 가면서.

심지어 한 번은 나랑 온종일 단둘이 같이 있었는데도 나하고 한마디 말도 하지 않았잖아. 그런 분위기를 견디기가 힘들어서 내가 일부러라도 말을 꺼내니까 너는,

"그렇게 말 많이 하면 안 피곤하냐?"

따위의 김새는 소리를 할 뿐이었지.

나는 내 나름대로 그런 너의 변화를 이해하려고 들었어. 네가 원래 좀 무심한 성격이라서 그렇다고, 네가 원래 좀 무뚝뚝하고 표현이 좀 세심하지 못할 뿐이라고. 원래 너는 그

런 사람이니까 내가 이해해야 한다고 계속 생각해 왔어. 이제까지 계속 그래 왔었는데, 그 여자애가 나타나면서 그게 전부 다 뒤집혀 버린 거야. 네가 '원래 그렇지 않다'는 걸 두 눈으로 똑똑히 확인하게 되어 버렸으니까. 나한테는 함부로 말하던 네가 그 여자애한테는 그렇게 다정하게 말하는 걸 그만 봐 버렸고, 내가 무슨 일을 하던 별달리 관심도 없어 보였던 네가 그 여자애 립스틱 색의 변화까지 알아보는 세심함이 있다는 것도 알아 버렸지 뭐야. 내가 뭐만 하면 못생겼다거나 바보 같다고 놀리고는 했던 네가 그 여자애한테는 예뻐 보인다는 말도 했었잖아. 그런데다가 뭐, 상담까지 해 주었다고? 나랑은 진지한 얘기를 나눠 본 게 언제였는지 기억조차 나지 않는데. 그런 너의 다른 모습을 알게 되어 버린 이상 전과는 얘기가 같지 않을 수밖에 없잖아. 매번 '이해'라는 짐을 당연하다시피 짊어지고 있던 나로서는 내가 이제껏 왜 그 무거운 짐을 짊어졌어야 하는지에 대한 의문이 고개를 들고 올라왔어. 그래서 최대한 비아냥 섞인 목소리로 너에게 말했지,

"네가 남의 상담도 해 줬어? 야, 너 완전 천사 납셨다?"

"그게 무슨 뜻이야?"

"글쎄, 그건 알아서 잘 생각해 봐."

"지금 또 나한테 화난 거야? 내가 재하고 잠깐 대화해서?"

"아니, 내가 그런 거로 화날 사람 같아 보여?"

"그럼?"

나는 또 눈물이 터져 나올 것 같은 걸 참고 씩씩거리며 말했어.

"네가 나한테 좀 너무한다 싶어서. 그 애 앞에서는 그렇게 착하게 굴면서 나한테는 왜 그래?"

"그야 내가 너랑 더 친하니까 그렇지."

"친해서라고? 그 전에 그냥 내가 만만해서가 아니고?"

"원래 편한 사이일수록 격식이 없어진다고들 하잖아."

"지랄하지 마!"

너는 그 말에 놀란 듯 나를 가만히 쳐다봤어.

"그래, 예전에는 나도 그렇게 생각해 보려고 했지. 그런데 아니야, 아닌 것 같아."

나는 그동안 마음속으로만 꾹꾹 눌러두었던 말을 내뱉었어.

"배려와 존중이 없어진 걸 두고 그게 편해서라고 하지 마. 이제는 그만큼 내게 예의를 차릴 필요가 없어졌다는 뜻일 뿐이잖아."

"아니야, 오해야."

“오해는 무슨. 방금 전에 영화관에서도 나 신경도 안 쓰고 먼저 가버리려고 그랬으면서.”

“아니, 야, 그건 그냥 해 본 소리였다고.”

“아, 그래? 너는 왜 그렇게 그냥 해 보는 소리가 많아? 이제까지 나한테 걸음걸이 느리다고 무안 준 것도 그냥 해 본 소리였어? 나한테 맨날 그 배냇병신인지 뭔지 그 동백꽃 개지랄한 것도?”

“그걸 또 마음에 다 담아두고 있었어? 내가 진짜 무슨 말을 못 하겠네.”

“그럼 말을 하지를 마. 사람 불쾌할 소리는 좀 가려서 하고.”

“아니, 그게 대체 언제적 일인데? 그 얘기를 지금 여기서 꼭 해야겠어?”

네가 나한테 소리를 높여 물었어.

“내가 몇 번이고 말했지만 네가 듣지 않았잖아. 그렇게는 생각 안 해?”

나도 질세라 목소리를 높여 따졌지.

“그러는 너도 되게 피곤한 성격이라고는 생각 안 해 봐?”

“뭐라고?”

“다시 말해 줘? 너 이러는 거 존나 피곤하다고!”

너한테서 이제껏 한 번도 들어보지 못한 말이었어. 하필 그 상황에서 너한테서 듣게 될 거라고는 더더욱 생각지도 못한 말이었고. 하지만 너는 내 반응에 아랑곳하지 않고 계속 말을 이어나갔어,

"나는 뭐 맨날 네 기분 맞춰줘야 하는 사람인 줄 알아?"

쨍그랑.

"왜, 뭐, 지금 이렇게 같이 있으니까 나랑 무슨 사이라도 되는 줄 알았어?"

쨍그랑 쩡쩡.

접시 깨지는 소리가 귓가에 환청처럼 들리는 듯 했어. 그와 동시에 너의 말들이 마치 둑이 무너지듯이 와르르 쏟아져 내렸어. 우리가 오랜 시간 동안 같이 지어왔던 우리의 세계가 그렇게나 쉽게 무너져 내리는 것만 같았어. 너의 얼굴이 점점 새빨개지고, 내 얼굴이 점점 새하얗게 질려가던 그 짧은 시간 동안에.

"뭐, 더 할 말 있으면 해."

너는 한참이고 많은 말들을 다 퍼붓고 나서 그렇게 말했어. 이미 다 끝나 버린 상황에 아주 제대로 마침표라도 찍고 싶어하는 사람처럼. 그렇지만 내게 더 할 말 같은 게 떠올랐을

리가 없잖아. 이미 와사비 한 숟가락을 통째로 먹기라도 한 것처럼 머리가 핑 돌면서 눈물이 왈칵 터질 것만 같았는데.

"나 앞으로 너 다시는 안 봐,"

결국 내가 꺼낸 말이란 그런 것이었어.

"누가 할 소리를."

너는 그렇게 대꾸하고는 먼저 뒤돌아섰어. 나 역시도 그런 너를 붙잡지 않았지. 그걸로 끝이었어. 우리는 이전과 같은 인사도 없이 서로에게 등을 돌렸지.

"씨발 놈."

내가 등을 돌리고 가던 중에 너에게 다 들릴 만한 목소리로 말했어.

"너 방금 뭐라고 했어?"

네가 고개를 돌려 나한테 물었어.

"너한테 한 말 아닌데. 왜? 찔려?"

"망할 년," 네가 말했어, "아, 나도 너한테 한 말 아니다. 알지?"

"빌어먹을 새끼."

"씨발 년."

"개쓰레기 같은 자식."

"돌부리에 걸려 넘어져라."

"그러는 너는…!"

그 누구에게 하는 말도 아니라던 갈 곳 잃은 저주들은 끝없이 공기 중에 흩어져 갔어. 각기 다른 방식으로 뒤섞여 버린 붉은 감정들은 하늘을 붉게, 더 붉게 물들였어.

클로버 5_

작년에 내 생일날에 너는 내가 다니던 학원 앞에서 나를 기다리고 서 있었어. 한쪽 손에는 생크림 케이크를 들고서.

"뭐야? 여기는 무슨 일이야?"

내 질문에 너는 미숙한 거짓말을 하느니 침묵하는 편을 택했어.

"너 집 여기서 멀잖아. 그, 시간도 늦고……."

내가 그렇게 말해도 너는 무슨 대답을 해주지 않았어. 어떻게 학원까지 찾아온 건지, 몇 시부터 기다리고 있었는지, 내가 생크림 케이크를 좋아하는지는 어떻게 알았던 건지 말해주지 않았어. 나는 방울처럼 크게 부풀어버린 희망을 네가 터트려 주기를 바랬었는데, 아쉽게도 내 앞에 서 있던 너는 전혀 그럴 생각이 없어 보였어.

"아니, 그, 무슨 일로 왔든… 나 네가 여기 올 줄은 진짜 생각도 못 했단 말이야!"

너는 그제서야 입가에 미소를 띄우며 말했어,
"나도 할 때는 하는 남자야."
지극히 너다운 대사였어. 나는 자꾸만 네가 구태여 설명하지 않은 그 말의 여백을 채워 보게 되었어. 그 여백에 무엇이 있을지를 저 혼자 끊임없이 상상하며, 얼굴을 새빨갛게 물들였다 지우기를 몇 번이고 반복했는지 몰라.

클로버 A_

우리 아빠는 술을 많이 마셨어. 아주 어렸을 적부터 지금까지 몇 번이고 술을 끊는다고 말하면서도 그랬어. 그래서 나는 대체 술이 어떤 맛이길래 그렇게 끊기 어려운 걸까 궁금해졌어. 아마 엄청나게 달콤한 맛이라도 나는 건 아니었을까 싶었지. 그런데 막상 나이가 들어 처음 맛보았던 술 한 잔의 맛은 무척 쓰기만 했어. 그런 쓴 맛 나는 액체가 도대체 뭐라고 좀처럼 끊을 수 없는 것인지 이해가 가지 않을 만큼.

하지만 이제는 그 마음이 이해가 갈 것도 같아. 달콤할 줄만 알았는데 막상 보니 무척 쓰기만 했던 너와의 기억 때문에.

다른 사람들의 표현을 빌려 말하자면, 우리는 '헤어졌어'.

그래, 아주 영영 헤어졌지.

2

너 에 게

너는 잘 지내?

나는 그럭저럭 잘.

"뭘 그렇게 열심히 써?"

익숙한 목소리에 고개를 들어 올려다 보았다.

"별 거 아니야,"

지혜에게는 미안하지만 그렇게 둘러대기로 했다.

"맨날 뭐 별 거 아니래."

지혜는 그답게 입을 삐죽거리며 불평했다.

"다음에 보여줄게."

나는 그 말을 하면서 문득 이제까지 지혜에 대한 얘기를 쓴 적이 없었다는 걸 문득 깨달았다.

지혜를 처음 만난 건 입시 학원에서였다.

"네가 바로 백진아구나!"

"너 나 알아?"

마치 익숙한 사람을 만나기라도 하는 것마냥 인사하는 지혜가 당황스러워서 물었다.

"응, 너 우리 학교에서 되게 유명하잖아."

"내가? 대체 뭘로?"

"왜냐니, 네 잘생긴 남자친구 있잖아."

"야, 그게 무슨 소리야. 그런 말도 안 되는 소리 너한테 처음 들어."

"원래 그 당사자는 자기 소문을 모르는 법이야."

처음 만난 날에서부터 특유의 쾌활한 성격을 뽐내던 지혜였다.

그로부터 얼마 지나지 않아 동우와 싸웠다. 그리고 그 이후로 그를 보지 못했다. 그 다음 날에도, 또 그 다음 날에도. 그런 식으로 며칠이 지나 몇 주가 지난 다음에도.

나는 몇 번이고 그런 결말을 상상하고는 했었다. 동우와의 관계가 끝이 나버리게 되는 그런 날을. 그런 날이 오게 된다면 너무 슬퍼서 펑펑 울게 될 줄 알았다. 그런데 그러고서 내가 처음 느낀 것은 뜻밖에도 안도감이었다. 마음을 무겁게 짓누르던 돌덩이들을 내려놓은 것처럼 마음이 후련한 기분이 들었다. 꼭 어린 시절 발에 맞지도 않는 신발을 벗어 던지고 난 뒤의 기분처럼. 그런데 다른 한편으로는 우리가 그렇게 서로에게 아픈 존재가 되어 버린 건가 싶어서 조금은 허탈한 마음도 뒤따르기는 했지만.

사람들이 하나 둘 '남자친구'의 행방을 물어 오기는 했었다. 외롭지는 않겠냐고, 힘들지는 않겠냐고 물어 보는 사람도 있었다. 심지어 나와 일면식도 없는 사람들까지도 그랬다. 나는 그런 관심이 그저 불편했다. 그래서 억지로라도 미소 지어 보이면서 몇 번이고 다른 사람들에게 했던 말을 또 반복하고는 했다. 동우랑은 그저 좀 아는 사이였을 뿐이라고, 그러니까 별달리 마음 쓸 일도 아니라고….

"아니, 그래서 너는 괜찮으냐고."

그런 와중에 나의 마음부터 먼저 물어봐 주었던 사람이 지혜였다. 내 마음이 어떤지를 물어봐 주었던 처음이자 마지막 유일한 친구였다. 그래서 그런 지혜에게 고마움을 느낄 수 밖에 없었다.

특히나 그 무렵이 나에게는 유달리 힘든 시기였기 때문에 더 그랬다. 이전에는 한동안 당하지 못했던 따돌림을 다시 당하게 된 것도 그쯤의 일이었다. 애들 여럿이 내 자리를 빙 둘러싸고서 겉옷에 침을 뱉는다던가, 책상에 짓궂은 낙서를 해 놓고 간다던가 하는 일들이 빈번해졌다. 그래도 별 다르지 않게 무시하고 넘어갈 수 있을 일들이었다. 어느 날, 무리의 여자 아이들 중 한 명이 노골적으로 시비를 걸어오는 일만 벌어지지 않았더라면.

"야, 오늘 네 왕자님은 어디 갔어? 너랑 헤어지기라도 했나 봐?"

그 말에 그만 이제껏 참아 왔던 화를 터트려 버렸다. 입천장이 껄끄러워질 만큼 쌍욕을 내뱉었다. 그리고는 책상 서랍 속에 있던 물건들 중에 제일 위험해 보이는 커터칼을 무턱대고 집어 들어 그를 향해 달려들었다. 그러자 그 애는 이제까지 보지 못했던 갑작스러운 행동에 잠시 뒷걸음질쳤다. 주변에 사람들이 점점 모여 들기 시작하면서 소란은 점점 더 커져만 갔다. 그렇지만 그 순간에는 정말이지 그 어떤 말도 제대로 귀에 들리지를 않았다. 공기 중에 흩어지는 그런 말, 말, 말들 따위는.

그때 지혜가 나를 붙잡아 말리지 않았더라면 무슨 짓이 벌어졌을지 알 수 없는 일이었다. 나는 그 날 내가 살인이라도 할 수 있었을 거라고 반 우스갯소리로 말하고는 했었다. 나머지 절반 정도는 진심이 실린 말이기도 했다. 그 말을 듣던 지혜의 표정이 어두워지는 걸 보고서는 더 이상 그런 말을 꺼내지는 않게 되었지만.

사실 그 날의 일을 얘기하는 것이 나 역시도 달가울 리가 없었다. 이전에도 괴롭힘은 여러 차례 당해 봤었지만 그렇게 유난히 감정이 격해졌던 적이 여태까지 없었기 때문이다. 나를 자극했던 건 아마도 그 여자애가 했던 말이었던 것 같았다. 인정하고 싶지는 않지만, 그때 그 여자애가 했던 말을 아직까지도 마음에 담아두고 있는 걸 봐서 그렇다. 그 말을 되새기면서 종종 생각하고는 했다. 내가 정말로 동우랑 '헤어진' 것이 아닐까 하고.

물론 그 생각을 입 밖으로 꺼내 놓은 적은 없었다. 사귀었던 적도 없이 헤어졌다는 얘기는 어쩐지 스스로 생각하기에도 부끄러운 얘기 같았기 때문이었다. 동우와 나 사이의 관계에 '헤어진다'는 것이 가능할 만한 무언가가 있기는 했는지도 의문이었다. 그런데도 다른 한편으로는 자꾸만 그 '헤어졌다'는 말에 동감하게 되는 것이었다. 우리 사이에 오고 갔던 그 많던 눈길이, 서로 주고받았던 이런저런 대화들이 그렇게 쉽게 하루아침에 휩쓸려 사라져 버릴 만한 것은 아니었다고 생각했으니까. 그 시간들이 그렇게 쉽게 증발하고 사라져 버릴 것이 아니라 어딘가에 차곡차곡 쌓여서 나도 모르는 사이에 무엇인가를 이루어내기 바랐는지도 몰랐다. 이를테면 어떤 마음이라던가, 관계라던가 하는 형태로. 이제 와서는 다 산산조각이 나버리고 다 소용이 없어져 버린 이야기 같기는 했지만 말이다.

언젠가 많은 사람들이 연인들과 헤어지고 나서 "왜 헤어졌나?"라는 질문에 집착한다고들 하는 말을 들었다. 자신들의 기억 속을 계속 헤집어 가면서 그 질문에 대한 합당한 대답을 찾으려고 한다는 것이었다. "왜 헤어졌나?"라는 질문은 "왜 사귀었나?"라는 질문으로, 그 질문은 또 "왜 만났나?"와 같은 거의 존재론적인 질문으로까지 이어지고는 한다고 했다. 어디에서 답을 찾을 수 있는지, 애초에 답이 있기는 한지조차 알 수 없는 그런 질문들을 계속해서 묻게 된다고.

스스로에게 묻는 많은 질문들이 그런 비슷한 맥락이 아닐까 싶었다. 그런 질문들에 대답을 해 줄 만한 사람이 곁에 있지도 않은 시점에서는 무의미하다는 것을 알면서도 계속해서 물을 수 밖에 없는 질문들이었다. 그렇게 혼자 계속해서 기억 속을 헤집어 가다 보면 늘 그 질문들의 종착점인 마지막 질문에 이르고는 했다.

'그런데 우리는 왜 사귀지 않았던 걸까?'

"왜 사귀지 않았나?"라는 질문이 "왜 사귀었나?" 만큼이나 대답하기 어려운 질문이 되는 날이 올 줄이야. "왜 헤어졌나?" 하는 질문보다 "왜 헤어지지도 못했나?"라는 질문이 어쩌면 대답하는 데에 한참 더 많은 고민을 필요로 하게 될 줄은 정말이지 꿈에도 몰랐다. 때로는 무언가를 하지 않는 일이 무언가를 하는 일보다 더 큰 의미를 지니는 모양이었다. 종종 침묵이 백 마디 말보다도 더 많은 것을 전해주기도 하는 것처럼.

끊임없는 질문과 대답의 행렬들이 마치 뫼비우스의 띠처럼 끝도 없이 이어졌다. 복잡한 생각들이 아무리 끄고 싶어도 끌 수 없는 고장 난 TV 방송처럼 머리 속에서 계속 상영되었다. 어지럽혀진 트럼프 카드들처럼 무작위하게 흩어진 기억의 장면들이 무한히 반복되었다. 그러다 보면 나는 하다 못해 신께 애원이라도 하고 싶어졌다. 언제라도 좋으니까, 동우를 제발 다시 만나게 해달라고 빌기라도 하고 싶어졌다. 차라리 돌아와서 무슨 말이라도 하게 해달라고, 그 어떤 거짓말이라도, 진부한 핑계라도 괜찮을 것 같으니 제발 돌아오게만 해달라고… 그렇게 빌고 싶어졌다. 물론 그런 기적은 벌어질 일이 없었지만. 그러면 나는 또 한없이 약해진 내 자신이 몹시 부끄럽게 느껴졌다. 그래서 또 공연히 동우를 미워해 보려고 했다. 그런 놈을 진작부터 좋아하는 게 아니었다고 욕을 퍼부었다. 그렇지만 그렇게 마음에도 없던 욕을 해 봤자 결국은 슬퍼질 뿐이었다. 그러면 다시 또 애원하고 싶은 마음이 들게 될 만큼 괴로워질 따름이었다.

이따금씩 동우랑 찍었던 사진들을 살펴보기도 했었다. 그 사진을 볼 때면 매번 기분이 이상했다. 그와 함께 하던 시간이 있었다는 게, 그것도 그렇게 같이 환하게 미소 짓고 있던 때가 있기는 했었다는 게 믿어지지가 않았기 때문이었다. 그래서 웃고만 있는 사진 속의 그에게 종종 물어보고는 했다. 대체 나에게 왜 그랬었냐고. 왜 하필 그렇게 떠나 버렸는지, 같이 해 온 시간을 꼭 그런 식으로 한순간에 무너뜨려야만 했는지 원망 섞인 목소리로 물어보고는 했다.

"하긴, 너는 내 기분 같은 건 생각하지도 않았겠지. 이 나쁜 자식."

대답을 해주지 않는 사진 속의 소년 대신에 그렇게 자문자답을 하기도 했었다.

"어떤 느낌이 드냐면 말이야, 꼭 자기 자신이 부정당하는 것만 같은 기분이야. 조금 과장을 보태어 말하자면 내 인생 전부가 부정당하는 기분이라고. 굳이 그런 기분이 들게 하면서까지 나를 그렇게 잔인하게 짓밟아야만 했어? 너도 결국에는 다른 사람들과 다를 바 하나 없었다는 걸 그런 식으로 확인시켜 주어야만 했느냐고."

하지만 무슨 말을 하더라도 대답을 들을 수 없는 건 매한가지였다. 정말이지 물을 수만 있다면 묻고 싶었을 텐데. 나한테 그렇게 상처를 주어서 본인은 얼마나 행복했던 거냐고 따져 묻고 싶었다. 그게 아니라면, 도대체 무슨 마음으로 그렇게 심한 말들을 퍼붓고 가버렸던 것이냐고. 아무리 고민을 해 보더라도 내 머리로는 도무지 이해를 할 수가 없을 것 같아서 그랬다. 이제껏 그에 대해 많은 것을 안다고 생각했는데, 막상 이제 와서 보니까 아는 것이 아무것도 없었다.

결국에는 제아무리 고민을 해 보더라도 답을 찾을 수 없는 그런 질문들에 대해서는 생각하는 것을 관두기로 했다. 학교나 학원에 있을 때만큼은 그게 조금이나마 더 수월했다. 평상시에는 지겨워 하던 공부라도 몇 시간씩 붙잡고 있다 보면 그런 고민들을 잠시나마 잊을 수 있었다. 그것은 내 삶을 걱정하는 사람들에게 대한 일종의 시위 같은 것이기도 했다. 동우 없이도 잘 살 수 있다고 하고 싶은 마음에 애써 과장되게 웃고, 조금이라도 더 열심히 살려고 애썼다. 그리고 그러는 동안 내 마음 속의 빈 자리를 채우는 사람들이 하나 둘 생겨나기도 했다. 무슨 일이 있어도 내 편을 들어줄 것만 같은 든든한 친구 지혜가 그랬다. 그리고…

아, 맞다. 빼놓은 이야기가 하나 더 있었다.

***

현성이도 나랑 같은 학교를 다니는 친구다. 이제까지는 얼굴만 알고 지내던 사이였는데, 지혜랑 같이 다니는 학원에 오게 되면서부터 급속도로 친해졌다. 지혜는 멀찍이서 그를 볼 때마다 꼭 내 어깨를 툭툭 치면서 말했다,

"재 너 백프로 좋아한다니까."

그러면 나는 입버릇처럼 그런 게 아니라고 부정하고는 했다. 하지만 그러면서도 속으로는 내심 지혜의 말에 수긍할 수 밖에 없었다. 현성이가 내게 베푸는 친절은 친구로서의 호감을 넘어서는 것 같아 보였을 때가 많았기 때문이었다. 이를테면 시답지 않은 말로 자꾸 말을 걸어 오고, 대뜸 밥을 같이 먹자고 물어보기도 하는 것이.

그래서 지혜가 나중에 단도적입적으로 "너의 마음은 어떤데?" 라고 물어보았을 때는 나도 그 말을 가볍게 넘길 수만은 없었다.

"그런데 내가 고백을 받은 것도 아니잖아," 내가 고민 끝에 조심스럽게 대답했다,

"나 혼자 김칫국 마시면서 그런 생각 하는 것도 좀 웃기지 않아?"

"그래도 너의 마음을 먼저 알아야지. 그래야 네가 상대를 어떻게 대해야 할지를 알 수 있잖아."

나는 지혜의 그 말을 듣고는 조금 놀랐다. 이제까지 내 마

음에 대해서는 진지하게 생각해 본 적이 없었기 때문이었다.
"애초에 내가 남의 마음을 거절할 자격이나 되나?"
나도 모르게 혼잣말처럼 되물었다.
"거기에 자격이고 말고 할 게 어디 있어!"
"그런 게 있지, 왜 없어. 나 같은 게 현성이를 거절하면 다들 뭐라고 하겠어."
"뭐라고 하긴! 그건 무슨 말을 하는 사람들이 이상한 거지."
"꼭 사람들 시선 때문에만 하는 말은 아니야. 누가 보기에도 현성이는 나한테 아까울 만큼 괜찮은 애잖아."
"그렇지만 너도 충분히 괜찮은 사람이잖아," 지혜가 말했다, "꼭 현성이가 괜찮은 애이고 뭐 어떻다고 해서 네가 걔를 받아줘야 하는 게 아니잖아. 네 마음이 중요한 거지."
"내 마음……."
"응, 네 마음. 네가 어떤지를 먼저 말해 줘야지. 그래야 상대도 그 마음에 맞추어 줄 수 있는 거잖아."
"아, 그러네… 나는 매번 내 마음을 최대한 숨기려고만 했었는데,"
지혜의 말을 곱씹어 보다가 문득 깨달았다,

"내 딴에는 배려라고 생각해서 그런 거였는데 상대의 입장에서는 그게 아니었을 수도 있겠구나."

"그래, 그렇지."

"아…."

나는 지혜의 말에 이제까지의 지난 일들을 떠올렸다. 내 입장만 옳다고 우기고는 했었던 지난 날의 기억들이 떠올랐다.

"아… 이제까지 나는 그것도 모르고. 왜 나는 매번 이렇게 바보 같지!"

홍수처럼 밀려드는 부끄러움에 두 뺨이 새빨갛게 물들었다.

"왜, 그럴 수도 있지. 너무 자책하지는 마. 남의 마음에 들기 위해 노력하는 일 자체가 잘못된 건 아니잖아."

"그런가?"

"그래도 너를 좋아해주는 사람이라면 그 사람도 네 마음을 알아주려고 노력했었을 거야. 물론 네가 조금 더 말을 해 준다면 좋긴 하겠지만."

집에 가는 길에 지혜가 했던 그 말들을 곱씹어 보았다. 돌아보면 나는 정말로 이제까지 남의 시선에 집중하느라 정작 내 자신의 마음은 진지하게 들여다 본 적이 없었다. 하지만 지혜가 쉽게 말한 데에 비해 사실은 그 무엇 하나 쉽게 느껴지지 않는 것도 사실이었다. 더군다나 본인이 마음을 드러내지 않고 있는 상황에서는 나 혼자 아무리 뭘 고민해 봐야 할 수 있는 게 많지 않아 보였기 때문이다.

"어차피 걔가 고백을 한 것도 아닌데, 뭘……."

그렇게 혼잣말을 중얼거리면서 생각하고 있는데, 뒤에서 누가 말을 걸어왔다.

"누가 고백을 안 해?"

나는 흠칫 놀라 곧바로 뒤를 돌아 보았다.

"깜짝아! 여기는 어떻게 온 거야?"

그것은 다름 아닌 동우였다.

"응? 어떻게 왔냐니. 네가 나를 부른 거 아니었어?"

"무, 무슨 헛소리야, 그게?"

나는 어안이 벙벙해서 말도 제대로 나오지 않을 지경이었다.

"아니, 진짜로! 아니면 내가 여기를 어떻게 알고 왔겠어?"

동우가 무슨 말을 하는지는 조금도 이해가 가지 않았지만, 그렇다고 별달리 따져 묻고 싶은 기분이 들지도 않았다.

"…하여간 너는 정말 여전해."

"뭐, 너 지금 내 말을 못 믿는 거야?"

"아무튼 나는 너 부른 적 없어. 저리 가."

"정말? 나한테 하고 싶은 말이라도 없어?"

그 말에 잠시 주저했다. 하고 싶은 말이라면야 셀 수도 없이 많았으니까. 이를테면 몇 번이고 떠올리고 깊숙이 삼켰던 보고 싶다는 말. 그리고 왜 그렇게 나를 떠났었냐고 따져 묻고 싶었던 무수히 많은 날들이 있었다. 하지만 정작 그렇게 보고 싶었던 사람이 내 눈앞에 다시 나타나니까 아무런 말도 입 밖으로 나오지를 않았다.

"나는 너 보면 해주고 싶은 말 있었는데."

동우가 머뭇거리는 나 대신에 먼저 말을 꺼냈다.

"뭔데?"

"너한테 미안하다는 말."

"……."

"네 마음을 아프게 해서 미안해."

그렇게 말하는 동우를 뚫어져라 쳐다보았다. 한 때 나에게 있어서 전부와 같았던 그의 두 눈이 반짝반짝 빛나고 있었다.

그의 사과에는 바로 대답할 수 없었다. 무슨 대답을 해야 할지를 몰라서가 아니라, 아니야 괜찮아, 같이 바로 떠오르는 대답이 뻔한 거짓말이 될 것만 같아서였다. 그간의 지난 일들은, 적어도 나에게는, 그 어느 하나 그렇게 쉽게 이해하고 받아들일 수가 없는 일들이었으니까. 제아무리 이제 괜찮아졌다고 말한들 그 모든 일이 있기 전으로 되돌아갈 수 있는 것도 아니었다. 차라리 이럴 바에야 사과 같은 건 하지 말지 싶은 마음도 있었다. 그가 이제까지의 지난 일들을 되돌릴 수 없다는 걸 그런 식으로 체념할 일이 없기를 바라서. 마음의 상처를 아물게 해주지도 않을 그런 무책임한 사과는 듣지 않는 편이 나았을 것이라는 생각도 했었다. 하지만 그런 말들을 전부 입 밖에 내뱉을 수는 없었기에, 대신에 이렇게 말했다,

"됐어. 나도 잘한 건 없었잖아."

내가 그 순간 내뱉을 수 있는 유일한 진심이었다.

"그럼 나랑 잠깐 대화 좀 할래?"

동우가 물었다.

그렇게 우리는 이전에 종종 오고는 했었던 놀이터의 그네에 어색하게 마주보고 걸터앉게 되었다. 그리고 오랜 적막이 흘렀다. 나는 그네의 풍경은 그대로였는데 많은 것이 바뀌어 있다고, 속으로만 생각했다.

"너는 요즘 어떻게 지내?"

내가 침묵을 견디다 못해 먼저 물어 보았다.
"나야 뭐," 동우는 말끝을 흐리며 말했다, "너는 어떤데?"
"나도 잘 지내지."
"하긴, 그런 것 같더라. 학교 최고 인기남한테 대시도 받고 말이야."
"아, 신경 꺼! 네 알 바도 아니잖아."
"미안. 확실히 내가 할 소리가 아니기는 하지,"
나는 동우가 그렇게 순순히 인정하고 한발짝 물러난 데에 조금 놀랐다. 그런데 그러고서는 예상치도 못한 말을 불쑥 꺼내서 더 놀랐다,
"그동안 너의 마음을 모른 척 해 왔던 주제에."
"뭐?"
순간 심장이 쿵 떨어지는 줄로만 알았다.
"돌아보면 너는 나랑 연애를 하고 싶어 했던 것 같아서. 아니야?"
꼭 내 마음을 들켜버린 것만 같은 질문이었다.
"그런데 연애는 한 사람의 마음만으로 할 수 있는 게 아니잖아."
내가 고민 끝에 에둘러 대답했다.
"그야 그렇지. 나는 연애 같은 건 별로 하고 싶지 않았어."

"그 말, 이제는 과거형이네."

동우는 내 지적에 희미하게 미소를 지었다.

"그렇지. 누군가를 만나는 것 자체가 무척 어리석은 일이라고 생각했었지."

"…대체 왜?"

"그러려면 그만한 시간과 노력을 들여야 하니까."

"그건 어느 인간관계에서나 마찬가지잖아. 그게 싫으면 대체 나랑은 왜 만나는 거야?"

"그래서 나는 너랑 안 사귀잖아."

그 말이 내 마음에 세게 콕 박히는 것만 같았다.

"아니, 그러니까 내 말은," 나는 상처 받은 걸 들키지 않으려고 손을 휘저으며 말했다, "시간과 노력이 들어가는 건 사귀지 않았더라도 마찬가지이지 않았겠냐는 거지."

"아냐, 많이 다르지. 연애에 들어가는 시간과 에너지가 한참 더 크잖아."

"너는 그걸 그런 식으로 환산해서 생각해?"

"내 말이 틀린가? 관계는 노력을 통해서만 유지가 되는 게 사실이잖아."

"그야 틀린 말은 아니지만."

"그리고 사실 그렇게 노력을 기울인다고 해서 잘 되리라는 보장도 없어. 그러다가 또 헤어지면? 결국 그 과정에서 서로 상처만 받고 끝날 수도 있는 거라고."

"그건 어느 관계에서나 그렇지. 우리도 상처 받고 헤어진 건 비슷하잖아."

"아니지. 그게 어떻게 그거랑 같아? 우리가 연애를 했더라면 서로에게 들였을 시간과 노력이 한참 더 컸을 텐데."

"아, 그러니까 결국 너는 나한테 그만한 시간과 노력을 투자하고 싶지 않았다는 말을 하고 싶은 거야?"

"어? 아니, 아니," 동우는 손사레를 치며 부정했다, "어떻게 그런 식으로 결론이 나와."

"왜? 결국 그 뜻이잖아."

"그건 내가 무슨 투자 가치 계산하느라 그랬다는 말 같잖아."

"그럼, 아니야?"

"아니, 너한테서 뭘 얻어내지 못해서 그랬던 게 아니야. 오히려 그 반대지…,"

동우는 잠시 생각을 정리하더니 말했다,

"왜, 심리테스트 중에서 집이나 나무 같은 걸 그려보라고 하는 거 있잖아?"

"응, 알지."

“누가 너한테 집을 그려보라고 하면 너는 뭐부터 그릴 것 같아?”

“어, 지금 갑자기? 집을 그릴 때?”

나는 질문을 맞게 들은 건가 싶어 재차 되물었다. 동우는 고개를 끄덕였다.

“보통 지붕부터… 그리지 않나?”

“그렇지? 낳이들 그러겠지.”

“위에서부터 아래로 그리자면 그러니까. 너는 뭐 다르게 그려?”

“나는 집을 그릴 때에 매번 울타리부터 그려 놓는 사람이야.”

“어? 그건 왜?”

“누가 함부로 들어올까봐 겁이 나서.”

“…….”

“나한테는 늘 나를 지키는 게 우선이야. 이상하지?”

그는 마치 그 말에 동의를 구하려는 듯이 내쪽 방향을 바라보며 물었다.

“아니. 자기 자신을 지키려는게 어떻게 나쁜 거야.”

“모르겠어… 나한테는 다른 누구에게 들이는 시간이나 노력도 다 너무나 커 보여. 미안해, 내가 그냥 그런 사람인 건가봐.”

"그런 걸로 미안할 게 뭐 있어. 나도 무슨 말인지는 알 것 같아."

"그래?"

"네 말대로 관계에서는 누군가 상처를 입거나 손해를 볼 수도 있을 테니까."

"맞아, 맞아."

"그야 그렇지만…,"

나는 망설이다가 어쩐지 마음에 줄곧 걸리던 말을 꺼내버렸다,

"사실은 그마저도 아깝지 않을 만큼 좋아하는 마음이 사랑 아니야?"

"그건… 그냥 너의 주관적인 의견이 아니고?"

나는 생각지도 못한 반응에 바로 말문이 막혀 버렸다.

"너는 참 멍청한 사랑을 할 생각인가 보구나."

동우는 은근한 미소를 지어 보이며 말했다,

"하긴, 나르키소스는 물에 비춘 자기 자신의 모습을 보고도 슬픈 사랑에 빠졌다지."

"그건 또 무슨 뜬금없는 소리야?"

"너를 보니까 그 이야기가 생각이 나서."

"하여간 너는 늘 알아듣지 못할 소리만 늘어놓는 게 특기

냐? 뭔지는 몰라도 이상한 소리 하지 마. 나에 대해 잘 알지도 못하면서."

"내가 너에 대해서 모르는 게 뭐가 있다고."

"어떻게 그걸 확신해? 나에 대해 다 알면서도 그런 식으로 행동하는 거면 너는 그냥 나쁜 놈이야."

"나는 원래 나쁜 놈이잖아. 언제는 안 그랬어?"

"그래, 훌륭한 자아 성찰이다, 이 나쁜 놈아."

"정 못 미더우면 너에 대해 더 알아가 보도록 할게. 내가 모를 만한 이야기를 해줘 봐."

"하긴, 정말 내 어린 시절 얘기만 아니라면 거의 다 알기는 하겠구나."

"그럼 네 어린 시절 얘기라도 해봐."

"글쎄. 나는 어렸을 때 기억들이 썩 좋지가 않은데. 그때는 내가 왕따였으니까."

"꼭 지금은 아니라는 것처럼 말하네."

"야!"

"농담이야. 얘기 계속해."

"그래도 조금 좋은 기억이라면 있었어. 아주 어렸을 때에 내가 힘들 때마다 나를 도와주던 친구가 있었거든."

"아, 기억하는구나."

"뭐라고?"
"아니, 네가 예전 일들도 잘 기억한다 싶어서."
"아니야, 되게 어렸을 때 일이라서 잘은 기억 안 나. 그 남자아이가 빨간 운동화를 신고 다녔다는 거 외에는."
"으응."
"나를 괴롭히고 있던 애들한테 가서 나를 더 이상 괴롭히지 말아 달라고까지 말했지. 그때 그 애가 했던 말은 아직도 기억나."
"뭐라고 했었는데?"
"야, 그러지 마. 얘 이름은 모모가 아니라 백진아야."
동우는 그 말을 듣고 풋, 소리를 내며 웃어 버렸다,
"그렇게 말했었다고? 너 별명이 모모였어?"
"응. 그 때는 그랬어."
내가 무덤덤한 말투로 응수하자 동우는 이내 웃음을 거두었다.
"그런데 그 말 한 번 한 게 전부였는데, 정말 그거 하나로 모든 게 달라져 버렸다? 그 몇 달 동안의 괴롭힘이 그렇게 한순간에 끝나 버린 거야. 그게 너무 신기했어. 그 작은 일 하나로도 그렇게 많은 게 달라질 수 있었다는 게."
그렇게 오랫동안 내 마음 속의 이야기를 한숨에 털어놓은 건 오랜만이었다. 괜한 얘기를 오래 한 게 아닌가 싶어 동우의 눈치를 살폈지만, 그는 오히려 나를 흥미 어린 표정으로 바라보며 내 말을 재촉했다,

"재미있네. 다른 이야기도 해 봐."

"뭐? 다른 이야기라면 네가 다 아는 이야기 뿐이잖아."

"꼭 그렇지만도 않을 걸? 같은 일이라도 서로 다르게 기억하고 있을 수도 있잖아."

"그런가? 그럼, 그 때 기억 나?"

그렇게 그 날 트럼프 카드들처럼 뒤섞인 기억들을 동우와 같이 하나하나 들여다 보았다. 완전히 뒤죽박죽이었지만 하나하나 저마다 너무나도 생생한 기억들이었다. 동우는 그 이야기들에 맞장구를 쳐주기도 하고 때로는 같이 웃어 주기도 하면서 내 이야기를 가만히 전부 들어주었다.

"야, 그런데 생각해 보니까 이건 좀 불공평하잖아."

내가 이야기를 하던 중간에 끊고 말했다.

"뭐가?"

"나만 이렇게 다 말하면 어떻게 해? 너도 내가 모를 만한 이야기 하나쯤은 해줘야지."

"그래, 그럼," 동우는 순순히 고개를 끄덕였다, "무슨 얘기

를 듣고 싶은데?"

"음… 너에 대해서 더 알고 싶어. 너도 내가 모를 만한 이야기를 해봐."

"그런데 내 이야기는 꽤나 지루한데."

"그래도 궁금해."

"나는… 어렸을 때부터 집에 있는 게 제일 싫었어," 동우가 조심스럽게 입을 떼어 말했다, "너도 알고 있었겠지만, 그때는 우리 집이 지금보다도 한참 더 어려웠었거든. 그래서 매일 얼굴 모를 아저씨들이 집 앞에 찾아 와서 문을 막 두드리고는 했었어."

동우는 기억에 잠긴 듯한 목소리로 이야기를 이어나갔다,

"그래도 학교 끝나고 다른 갈 곳이 없으면 집에 돌아오는 수밖에는 없었어. 나는 그럴 때마다 이불을 머리 위까지 덮어쓰고 밖의 소리를 못 들은 체 했었어. 그래도 대문을 쾅쾅거리는 소리는 온몸에까지 다 느껴지는 것만 같았어."

나는 그 얘기에 본능적으로 자신이 알고 있는 한 가장 끔찍한 소리인 그릇이 깨지는 소리를 떠올렸다.

"나는 그 문 두드리는 소리가 그렇게 무서웠었어," 동우가 말했다, "단 하루도 그렇지 않았던 적이 없었어."

그렇게 그는 머나먼 옛날이야기를 늘어놓듯이 어린 시절 이야기를 계속 풀어 놓았다. 자신이 기억하는 가족에 대한 이야기, 어린 시절 바다에 빠져서 고생했던 일, 가장 친했던 친구한테 배신을 당했던 이야기까지. 이야기의 순서는 페이지가 잘못 뒤섞여 버린 책과 같이 뒤죽박죽이었다. 그 중에는 즐겁고 유쾌한 이야기들도 더러 섞여 있었지만, 내가 기억하기에는 대다수가 어딘가 모르게 슬픈 이야기였다.

그런 이야기들은 듣고 있자니 문득 작년 그맘때에 나누었던 대화가 떠올랐다. 그날, 동우는 내게 이렇게 말했었다,

"전에 너는 산타 할아버지가 없다는 걸 깨달을 때 어른이 되는 거라고 그랬잖아. 그런데 내가 보기에 그건 틀린 말 같아."

"응? 그게 왜?"

"나는 산타 할아버지가 없다는 건 진작에 알고 있었어. 부모님은 매년 내 선물을 사줄 돈이 없었거든."

"아……."

"그런 표정으로 쳐다보지 마. 어차피 나는 원래도 그런 거 잘 안 믿어," 동우가 마치 내 마음을 꿰뚫어 본 것처럼 그렇게 말했다, "요새는 초등학생들만 해도 알 건 다 안다고."

"하긴, 그건 그렇지."

"그러니까 사람들은 산타 같은 걸로 어른이 되지 않아."

"그럼 대체 사람들은 언제 어른이 되는데?"

"응? 스무 살이 되면 되는 거지, 뭐."

"아니, 그런 거 말고. 스무 살이라고 다 철이 드는 건 아니잖아."

"아, 철이 드는 거 말하는 거였어?"

동우는 잠시 고민을 하더니 이렇게 대답했다,

"내가 볼 때는 그 때일것 같아. 자기 부모님이 완벽한 사람이 아니라는 걸 깨달을 때."

"그래?"

"응. 더 정확히는 부모가 나를 더 이상 지켜줄 수 없는 사람들이라는 걸 깨달았을 때. 그래서 내가 오히려 부모를 책임져야 한다는 걸 느낄 때 말이야."

"너는 그렇게 생각해? 네가 너희 부모님을 책임져야 한다고?"

"응. 무거운 책임이지."

"그러면 너는 벌써 어른인 거네."

"뭐, 그러기에는 아직 한참 철이 없는 것 같지만."

오래 전의 대화를 다시 떠올릴 때면 동우를 미치도록 끌어안아 주고 싶어졌다. 아니, 사실 그보다도 오래 힘든 시간을 감내했었어야 할 과거의 어린 동우를 껴안아주고 싶었다. 단 한번도 제대로 어린 아이였던 적이 없는 것만 같았던 그 시절의 그를. 그런다고 뭐가 크게 달라지지는 않을지도 몰랐지만, 적어도 그때 그의 곁을 잠시나마 지켜줄 수는 있지 않을까 싶어서.

그러고 보면 동우는 내게 줄곧 말하고는 했었다, 자신은 무척 어릴 적부터 안정적인 삶을 꿈꿨었다고. 어찌나 그 말을 자주 하던지 나는 가끔 그게 뭐가 그리 중요하냐고 태클이라도 걸고 싶어질 때가 많아졌다. 우리 나이는 원대한 꿈과 사랑, 뭐 이런 걸 얘기할 때잖아, 라고. 그 얘기마저도 동우한테는 철부지 같은 소리로만 들릴까봐 입 밖으로 내뱉지는 못했었지만 말이다.

그런데 그날 얘기를 들으면서 느꼈다. 어쩌면 내가 이제껏 그렇게 보잘 것 없다고 여겼던 그 안정적인 삶이라는 소원이 어쩌면 동우에게는 가장 이루기 힘든 이상적인 꿈이었을 수도 있었겠다는 걸. 안정적인 삶을 살고 싶었다는 건 빚쟁

이들이 문을 쾅쾅거리며 두드리지 않는 날들이 이어지는 일상을 살고 싶다는 얘기였는지도 몰랐다. 매일 하루를 어떻게 버틸 수 있을까 노심초사하지 않을 수 있는 날들을 살고 싶다는 뜻일 수도 있었다. 어쩌면 내일이 올 거라는 사실을 믿어 의심치 않고 잠에 들었으면 좋겠다는 말이었는지도. 그렇게 생각해 보면 그와 나 자신과의 관계가 줄곧 같은 곳에 머물러 있는 것처럼 여겨졌던 것도 그리 이상한 일이 아닌지도 몰랐다.

그래도 그런 그의 곁에 오래 있고 싶었다. 그래서 관계를 한 발자국도 더 진전시키지 않고도 계속 함께 있을 방법을 찾으려고 했었다. 그러기 위해서는 잘 먹지도 못하는 떡볶이를 좋아하는 척했고, 멀찍이서 동우가 일하는 편의점을 지켜보기만 해야 했다. 이해할 수 없다고 느꼈던 순간에서도 매번 이해한다고만 말했어야 했다. 마음이 엇갈리는 것만 같을 때도 애써 모른 척 하려고 들었다. 그렇게라도 해서 나 역시도 이번만큼은 그릇처럼 쉽게 깨질 수 있는 행복을 오래오래 붙잡아두고 싶었다.

하지만 시간이 지날 수록 내 마음은 점점 커져만 갔다. 커져 버린 마음을 애써 안정이라는 갑옷 속에 끼워 넣는 일이 점차 버거워졌다. 어느 순간부터인가 한 치 앞도 나아가지 않는 관계 속에서 아늑함보다는 같은 데에 계속 갇혀 있는 듯한 답답함을 느꼈다. 벗어나고 싶어졌다. 그래서 달리 벗어날 방법을 알지 못해 끝끝내 헤어졌다. 오랜 시간 애써 외면했었던 많은 진실들을 가장 잔인한 방법으로 마주한 채로.

관계의 끝은 의외로 후련했다. 하지만 다른 한편으로는 후회가 남았다. 그런 결말이 최선이었을 리가 없다는 생각이 들어서였다. 나에게 있어서 최선이라는 건 동우의 가장 힘들었던 시간을 되돌려 줄 수는 없어도, 그 이후로 최대한 많은 시간을 그와 함께 하는 일이었으니까. 그렇게 그의 곁을 가능한 오래 지켜주고 서로를 더 이해하려고 노력하는 이상적인 모습을 꿈꿨으니까. 그럴 수만 있었어도 동우와의 결말이 또 많이 달라졌을지도 모른다. 그렇지만 이제 와서 그런 다른 결말을 생각할 겨를은 없었다. 이제까지의 관계마저 그리워졌을 때쯤에 그는 이미 가버리고 없었으니까. 동우의 이야기를 듣고 있자니 끝까지 그의 곁에 있어주지 못했다는 사실이 이상하게 유달리 더 슬프게 느껴졌다.

"설마 너 지금 우는 거야? 아니지?"

"어?"

나도 모르게 내 두 눈에서 눈물이 뚝뚝 흐르고 있었다.

"야, 나도 안 우는데 네가 왜 울어."

"그러게, 미안. 내가 바보같이……."

"왜 그래, 응?"

"우리는 왜 이 많은 얘기를 이제 와서야 하게 되는 걸까?"

"이제 와서니까 할 수 있는 걸지도 모르지. 왜, 그것 때문에 그래?"

"그것도 있겠지만……."

차마 진짜 이유를 말할 수가 없었다. 실은 그와의 관계가 같이 예전에 했었던 원카드 게임을 꼭 닮아 있는 것만 같았다고 말할 수가 없었다. 오랜 시간을 같이 보냈어도 가장 중요한 한 장씩의 카드만큼은 서로에게 내보이지 않은 관계처럼 느껴졌다고. 서로 시답지 않은 카드들만 내밀어 보이면서, 정작 진작에 보여 주었어야 했을 진심이라는 카드를 꽁꽁 숨기고 있던 선수들인 것만 같았다고 그렇게 말할 수는 없는 노릇이었다. 그럴 수는 없어서 대충 얼버무렸다,

"몰라, 몰라. 진실은 모르는 게 나을 때도 있는 거야."

"울지 마, 마음 아프게."

동우의 나직한 목소리가 내 귓가를 파고 들었다. 그런 그의 목소리를 들을 때마다 마음이 아파 오는 건 예전이나 지금이나 같았다.

나는 우리의 오랜 게임이 끝나가고 있음을 체감했다. 여태까지 보여주지 않았던 카드 패들을 하나 둘 내려놓기 시작했다는 건 이 기나긴 게임이 끝나가고 있다는 징조였을 테니까. 동우가 이제껏 들려주지 않았던 이야기를 해 주었을 때에 마음이 서글퍼진 것도 그 때문이었다. 끝내 자신의 마음 속 깊숙이 숨겨둔 조커 카드를 보여주지 못하게 될 지도 모르겠다는 예감이 들어서.

'사실 너를 좋아하고 있어.'

그건 여태까지의 게임 전체를 다 뒤엎어 버릴 수 있는 폭탄 같은 고백이었으니까.

"오늘 너한테 너무 많은 얘기를 들었는데 대체 무슨 위로를 해줘야 할지를 잘 모르겠어."

나는 눈물을 닦아내면서 동우에게 그렇게 말했다.

"아무 말도 하지 마. 어차피 무슨 말을 한다고 뭐가 달라지는 것도 아니니까."

"그래도 이제는 네가 행복해 보여서 다행이야."

"내가 행복해 보인다고?"

"아니," 동우의 반응에 자신이 없어져서 말끝을 흐렸다, "뭐, 그래도…"

"그래, 뭐, 그렇게 보인다면 좋은 거고."

"앞으로 네가 더 아플 일이 없었으면 좋겠어."

"……."

"더 이상 나를 볼 수 없을 먼 미래에서라도 꼭 행복했으면 좋겠어. 그게 마냥 쉬운 일은 아니겠지만."

동우가 그 말만큼은 두고두고 기억해주기를 바랐다. 그건 마지막이나마 전해 볼 수 있는 진심이었으니까.

"이상하네."

동우가 한참 뒤에서야 입을 떼서 말했다.

"뭐가? 아, 인간은 이기주의적인 존재라서 남이 잘 안 되기를 바라니까?"

"응, 잘 아네."

동우는 고개를 끄덕이며 특유의 악동 같은 미소를 지었다. 그 웃는 모습마저 너무 동우답다는 생각이 들어서 나도 같이 웃음이 터져버렸다,

"그래," 내가 말했다, "그래도 나는 너에게 힘이 되어주고

싫어.”

 간절한 바람을 담아 말하며 그의 손을 살포시 잡았다.

 그런데 그 순간 온몸이 굳어 버렸다. 그의 손에서 아무런 온기가 느껴지지를 않았기 때문이었다. 주변의 차갑게 얼어붙은 공기는 일깨워 주었다. 스스로도 알고 있었지만 차마 받아들이지 못했던 진실을.

 자신이 이미 동우를 한 번 보낸 적 있다는 것. 그러니까 자기 앞에 다시 나타난 동우가 이 세상 사람일 리는 없다는,

 ‘그런 슬픈 이야기…….’

***

JOKER_

 말하지도 않은 말들이, 들리지도 않는 비웃음들이, 보이지도 않는 경멸하는 눈초리들이 느껴지는 건 여전했어. ‘죽어라’라고 큼직하게 쓰여 있는 글자들을 내 상상 속에서 몇 번이고 쓰고 지웠는지 몰라. 내 교복을 적시는 대걸레의 느낌도, 내 머리를 쿡쿡 찌르던 빗자루의 느낌도 고등학교에 들

어서도 이어지는 내 악몽의 일부였어.

그런데도 너의 곁에 있을 때면 조금도 두려운 마음이 들지를 않았어. 너와 너무나도 가까이 붙어 있었는데도 전혀 도망치고 싶지를 않았어. 너의 두 눈을 들여다볼 때에도 그랬어. 깜빡, 깜빡, 눈을 떴다 감아 보며 제아무리 네 눈을 뚫어져라 쳐다보더라도 좀처럼 피하고 싶은 마음이 들지를 않았어. 오히려 너의 그 두 눈을 한참이고 더 들여다보고 싶어졌지. 그러다 보면 나는 다른 누구를 만나더라도, 무슨 다른 일이 앞으로 생길지라도 괜찮을 것만 같다는 확신이 들고는 했어. 너에게만큼은 사랑을 받는 기분을 느낄 수 있어서. 적어도 너한테만큼은 내가 필요로 한 사람이라는 믿음이 나를 강하게 만들었어. 너의 옆에서만큼은 나도 사랑받아 마땅한 사람이 된 것만 같았거든.

"무슨 죽을 일 안 나."

너는 걱정이 많은 내게 종종 그렇게 말하고는 했어. 흔히들 사람을 안심시킬 때에 쓰는 말이지. 그런 말을 들으면 어떤 의미에서는 이상하게 안심이 되는 게 사실이잖아. 제아무리 큰 불행이라고 해도 죽음보다는 작을 거라는 생각이 어떤 의미에서 주는 위안이 있으니까. 죽음은 뭔가 비현실적으로 크고 무거워서 평생 가깝지 않을 것만 같은 불행같이 느껴지니까. 생각해 보면 본인이 언제 어디서 죽을지 정확히 아는 사람이 얼마나 되겠어? 지금 당장 이 순간에도 너의 말마따나 결국 다 남 일로 치부되고 끝날 만한 수많은 죽음들이 이 세상 어딘가에서는 계속 일어나고 있을 텐데 말이야. 얼굴도 이름도 모를 사람들이 죽어가는 걸 일일이 다 신경 쓰기에는 우리 인생조차도 너무 버거우니까 애써 외면하려고 들 뿐이지.

그런데 나는 우리가 그런 일상적인 비극에도 귀를 기울여야 한다고 했어. 그건 '누구에게나 일어날 수 있는 일'이지, 어느 먼 나라 화성의 외계인한테나 발생할 법한 일이 아니라고. 당장 너와 나한테도, 그리고 우리가 사랑하는 사람 그 누구에게도 떨어질 수 있는 것이라고 말했지. 하지만 이제 와서는 그렇게 말했던 걸 조금은 후회해. 거짓말로라도 그런 불행은 우리를 스칠 수조차 없다고, 너랑 나만큼은 이 세상 그 어떤 불행으로부터도 면역일 거라고 말해줄걸 그랬나 봐. 그랬으면 네가 조금이라도 더 오래 내 곁에 있을 수 있지 않았을까 싶어서 그래.

그런데 내가 그것보다도 한참 더 크게 후회하는 일은 따로 있어. 너에게 어떤 불행이 들이닥칠지 알지 못했던 전날, 너하고 크게 싸웠던 것. 그러고서 우리 서로 유치하게 저주를 퍼부었을 때, 내가 나중에 네 뒷모습에다 대고 이렇게 소리쳤던 것.

"그러는 너는… 콱 죽어 버려, 그냥!"

그 날 무슨 일이 일어나는 줄 미리 알았더라면 나는 절대 그런 말을 하지 않았을 거야. 하필 그게 내가 너한테 하게 될 마지막 말이 될 줄 알았더라면 더더욱.

하지만 이제는 나는 그 말을 주워담을 수도 없게 되어 버렸지.

너는 그날 사고를 당했다고 했어.

그 다음에 일어난 모든 일은 온통 깜깜해. 이해할 수 없는 일투성이. 전날만 해도 멀쩡했던 네가 그 다음날 일어나지 못하게 되었다는, 그런 스토리 전개에도 하나 안 맞는 듯한 말도 안 되는 이야기를 들었어. 세상 어디에 있을까 싶은 그런 황당한 일이 하필 너한테 일어난 거야.

대체 왜? 뭐가 어떻게 된 거야? — 따위의 질문들만 머릿속을 계속 맴돌았어. 거짓말이기를, 헛소문이기를 진심으로 바랐어. 미안하다고 하고 싶었어. 시간을 되돌리고 싶었어. 그래서 너랑 같이 여느 때처럼 집에 같이 가자고 하고 싶었어. 그렇게 나한테 그 재미없는 영화 얘기를 다시 하고, 시답지 않은 소리를 또 하면서 언제나처럼 떡볶이집에 가자고 하고 싶었는데. 먹지도 못하는 떡볶이라도 몇 번이고 같이 먹을 수 있었을 텐데.

그래서 나는 기적을 바랐어. 현실적으로는 있을 수는 없는 일이었다는 걸 알면서도, 어떻게든 네가 살아 돌아오는 기적이 있기를 바랐어. 그렇지만 기적은 쉽게 이루어지지 않으니까 기적이라고 불리는 거겠지. 그리고 희박한 확률의 기적은 적어도 너한테는, 그리고 나한테는 찾아오지 않는 듯했어. 너는 정말로 그 날로 우리 모두를 영영 떠나 버렸으니까.

***

사람들은 남의 일에 대해서는 참 쉽게 얘기했다. 적어도 내가 느끼기에는 그랬다. 별로 알고 싶지 않고 듣고 싶지 않은 이야기들이 먼지 입자들만큼이나 가볍게 공기 중에 여기저기 떠돌아 다니고 금방 수그러들었다.

나는 내 슬픔 역시 그렇게 그만큼 금방 쉽게 수그러들 줄 알았다. 머지않아 금방 괜찮아질 수 있을 거라 생각했다. 그리고 실제로도 처음 몇 주 동안은 거의 거짓말처럼 평온한 기분이 들기까지 했다. 막상 그토록 무서워했던 이별이 막상 닥치고 나니까 아무렇지도 않은 것도 같았으니까. 정말이지 아무렇지도 않았다. 맹세코 아무렇지도…….

그러다가 동우를 떠나 보내는 자리에서 전에 어디서 많이 본 듯한 한 여자 아이랑 우연히 마주쳤다. 이전에 영화관 앞에서 만났던 바로 그 여자 애였다. 다시 보니 제법 예쁘장한 얼굴이었다. 귀염성도 있고 애교도 많아 보이는 게 여러모로 나와는 대척점에 서 있는 모습이었다. 어쩌면 동우는 자신보다도 그 여자애를 더 좋아했는지도 모르겠다는 삐뚤어진 생각까지 들게 했다.

그런데 그보다도 내 화를 부추기는 지점은 따로 있었다. 그 자리에서 그 여자 애가 울고 있었다는 거다.

나는 순간 그 여자 애에게 가서 시비라도 걸고 싶은 마음이 들었다. 왜 그 자리에서 울고 있는 거냐고 따지기라도 하고 싶었다. 마치 동우를 애도하는 일에 무슨 조건이라도 필요로 한 것처럼. 그 누구에게도 그런 자격 같은 건 없을 거라는 걸 뻔히 알면서도 그랬다. 그리고 그런 자격을 따질 수 있다 한들 나 역시도 그 여자 아이와 별다르다고 할 수 없다는 걸 알면서도. 그렇게 생각을 하니 내 처지가 괜히 초라하게 느껴지고는 했다.

어쩌면 내가 이제껏 동우와의 관계를 정립하는 일에 신경을 곤두세웠던 건 그래서였는지도 몰랐다. 세상에는 서로를 좋아한다는 말만으로, 서로 같은 마음일 것이라는 확신만으로는 해결될 수 없는 일들이 있기 때문에. 그래서 한때 그와 함께했던 때가 있었더라는 불안정하고 언제든지 왜곡될 수 있는 그 사실을 입증해 줄 만한 무언가가 필요로 했는지도 몰랐다.

동우는 그런 일들에 나만큼 큰 의미를 두지는 않는 것 같았다. 그는 매번 관계라는 것도 결국에는 역시 언제든지 쉽게 깨질 수 있다고 말하는 식이었으니까. 그리고 그것도 틀린 말은 아니었다. 검은 머리가 파뿌리가 될 때까지 서로를 아끼고 사랑하겠다는 다짐마저도 자주 깨지고는 하니까. 그것은 관계를 맺고 살아가는 우리 사람들이 그만큼 변덕스럽고 불안정한 존재이기 때문일지도 몰랐다. 사람의 마음이라는 것은 과일이 변색되는 만큼이나 쉽게 색을 바꾸고는 하니까. 그런데 어쩌면 바로 그렇기 때문에 우리는 그토록 관계를 정립하고자 노력하는 것은 아니었을까? 금방 지나가 버릴지도 모르는 마음의 계절 한 철을 조금이라도 더 오래 붙잡아 두려고 그렇게 안간힘을 쓰면서, 하루하루 달라질 수 있는 마음보다는 좀 더 오래 갈 수 있는 관계의 징표로 서로를 붙잡아 두려고 하는 것도 아마 그 때문일 거다. 필름 조각만큼이나 쉽게 찢어질 수 있는 사람의 기억보다는 보다 더 분명한 흔적을, 반지나 서로 맞춘 옷처럼 보다 확실한 증거를 남겨두려는 것이다. 단 한순간이라도 사랑하는 상대의 눈동자 속에 살아 숨쉬던 시간이 있었다는 걸 확인받고 싶은 마음에서일 것이다.

그런데 동우는 그런 관계의 미미한 흔적조차 남기지 않고 홀연히 떠나 버렸다. 적어도 이제까지는 그렇게 생각해 왔었다. 그래서 나는 그간 사용하지 않고 있던 사물함을 다시 열어 보았을 때에 적지 않게 놀랄 수 밖에 없었다.

사물함 벽면에 적힌 빨간 저주의 말들은 깨끗하게 지워져 있었다. 대신에 이제껏 본 적 없던 바나나 우유랑 멜론빵이 하나씩 놓여져 있었다. 아무리 생각해도 동우 말고는 그걸 놓고 갈 사람이 특별히 떠오르지를 않았다. 그를 제외하고는 내가 좋아하는 게 무엇인지를 그렇게 정확히 알고 있는 사람도 얼마 없었을 테니까.

나는 그가 남겨 놓은 마지막 선물을 하염없이 바라보다가 그 자리에 주저앉아 버렸다. 그러고는 한숨을 내쉬듯이 물었다.

'대체 언제 이런 선물을 남기고 간 거야?'

그렇게 물어보더라도 어떤 대답을 들을 수 없을 거라는 건 알았다. 뻔히 알면서도 그 질문이라도 묻고 또 물어보는 수

밖에는 없었다. 나는 그때 깨달았다. 동우와 함께 했던 오랜 시간 끝에 남은 게 아주 없는 건 아니었는지도 모르겠다고. 어쩌면 그는 바나나 우유랑 멜론빵처럼 소소한 그의 흔적들을 헨젤과 그레텔의 빵가루처럼 여기저기 남겨 두고 간 걸지도 모르겠다고. 내가 길을 잃을 때면 언제든지 다시 찾을 수 있도록. 그리고 그가 보고 싶어지는 날에는 언제든지 그를 다시 추억할 수 있도록. 그렇게 생각을 하니 마음이 이제껏 아팠던 것과는 다른 방식으로 욱씬거리면서 아파왔다.

나는 그제서야 내가 생각했던 만큼 동우에게 화가 나 있지는 않았다는 걸 깨달았다. 사실은 화가 난 게 아니라 그를 잃게 되어서 슬픈 거였다. 마음이 너무나도 아파서 견딜 수가 없었던 것이었다. 그리고 그 깨달음과 함께 깊숙이 숨겨져 있던 다른 감정들도 표면 위로 하나 둘 올라왔다. 어디에 감춰져 있던 걸지 알 수 없었던 감정들이 하나 둘 솟아나 차가운 얼음 조각들처럼 내 마음을 몇 번이고 때리고 깨부쉈다. 고통스러웠다. 살아 있다는 것이 힘들 정도로 끝도 없이 괴로웠다. 참아내고 싶어도 참아낼 수가 없을 만큼 아파서, 결국에는 주저앉아 흐느껴 우는 수 밖에는 없었다.

그런데 그로부터 얼마 지나지 않은 어느 날, 그토록 보고 싶던 그가 눈 앞에 다시 나타나게 된 것이었다.

***

"뻔히 알고 있었잖아, 그건."

내 말에 동우는 무슨 대수롭지 않은 얘기를 하냐는 듯이 그렇게 말했다.

"알아, 그런데 그걸 받아들이기까지 너무 오랜 시간이 걸렸어. 너를 떠나 보내고 싶지 않았어."

동우는 말없이 고개를 끄덕였다.

"그럼 지금 네 모습도 전부 내가 상상하는 걸까? 응?"

"……."

"아니면 이 모든 게 전부 꿈인건가? 자각몽 같은 거?"

"그렇게 생각하는 게 편하다면야,"

동우는 마지못해 그렇게 대꾸했다.

"그런데 다른 건 다 그렇다고 치더라도… 너는 왜 하필이면 처음 만났을 때의 모습 그대로야?"

"원래 마지막은 처음과 같아. 안녕, 이라고 만나서 안녕, 이라고 헤어지듯이."

"너는 하여간 쓸데없이 말은 잘해. 꿈속에서나 현실에서나."

"이런 걸 두고 청산유수라고 하지."

동우는 그렇게 말하고는 혀를 내밀어 보였다,

"하여간 신동우 아니랄까봐. 무지 얄미워. 짜증나."

"거짓말하지 마! 네가 나를 미워할 수 있을 리가 없잖아."

"그건 그래," 나는 순순히 인정했다, "네가 만약에 살인을 저질러도 미워하지는 못했을 거야. 너는 내가 없어져도 괜찮을지도 몰라도 나는……."

"괜찮기가 힘들겠지,"

"내가 괜찮기 위해서는 너를 미워하고 싶은데."

"그런데 너는 나를 미워할 수가 없잖아."

동우는 꼭 내 머릿속을 훤히 읽은 것처럼 바로바로 대답했다.

"그래, 맞아. 너를 미워하려면 결국 나 자신부터 미워해야 하더라고."

"그런 이유로 미워할 수가 없었던 거라면…"

동우는 잠시 망설이더니 내게 물었다.

"그럼 이제는 그냥 나를 다시 좋아해줄 수는 없는 걸까?"

"뭐라고?"

예상치 못한 질문에 나도 모르게 화들짝 놀라 큰 소리로 물었다.

"내가 너한테 안 좋은 기억으로만 남아 있지는 않았으면 해서. 하지만 역시 그건 힘든 부탁이겠지?"

동우는 그렇게 말하면서 나를 향해 다시 한 번 미소를 지어 보였다. 꼭 몇 백여 번의 밤의 지나기 전, 내가 그에게 처음 반했던 그 시절을 떠올리게 만드는 표정이었다.

"……그게 너의 부탁이라면 이미 충분히 이루어진 것 같은데."

"진짜?"

"응, 그것도 아주 한참 오래 전부터."

"고마워," 동우가 말했다, "그렇게 말해줘서 기뻐."

"너는 나한테 더 하고 싶은 말 없어?"

"앞으로도 네가 더 아플 일이 없었으면 좋겠어," 동우가 바로 대답했다, "더 이상 나를 볼 수 없을 먼 미래에서라도 꼭 행복했으면 좋겠어. 그게 마냥 쉬운 일은 아니겠지만……."

"야, 그건 방금 내 대사잖아."

"뭐 어때. 내 말이 곧 네 말이지, 뭐."

"…한 번만 안아줄래?"

내가 대뜸 물었다.

"아니."

동우는 딱 잘라서 그렇게 대답해 놓고는 나를 향해 두 팔을 벌렸다.
“싫다면서?”
내가 반문하자 그는 대답 대신에 특유의 미소로 회답했다.

포옹을 했다. 그리고 누가 먼저랄 것도 없이 입을 맞추었다. 서로에게 영원히 지워지지 않을 흔적을 남기려고 애쓰던 그 시간만큼은 침묵마저도 너무 크게 들렸다. 주변의 모든 풍경마저 우리들을 숨을 죽이고 바라보는 것만 같이 느껴졌다. 불에 델 듯한 뜨거운 감촉으로 서로의 몸에 자신들의 자국을 새기고자 노력하던 마지막의 마지막 순간까지도…….

‘그래, 뜨거운 감촉…,’

속으로 그 느낌을 곱씹어 보다가 뒤늦게 이상한 점을 깨닫고는 물었다.
“이건 분명 꿈이잖아… 그렇지?”
하지만 동우는 곤란한 질문을 받을 때에 매번 그랬듯이 그 질문에도 답을 해주지 않았다.
“안녕, 잘 지내.”

그 말만 남기고 그는 이미 어디론가 가 버리고 없었다.
그리고 그것은 내가 기억하는 동우의 마지막이 되었다.

더 오래 함께 하고 싶었다. 그래서 나란히 고등학교를 졸업하고 어른이 되고 싶었다. 그의 스무 살을, 그의 스물한 살을 함께 하고 싶었다. 술을 마시는, 대학 캠퍼스를 활보하는, 알바를 하는, 운전을 하는 그를 보고 싶었다. 수업에 대해 얘기를 나누거나 과제에 대한 불평을 늘어놓는 목소리를 듣고 싶었다. 벚꽃을 보러 가는, 바다에서 헤엄치는, 깍지를 끼는, 손을 잡는, 투덜대는, 밤을 새는, 미소 짓는 그를 보고 싶었다. 한 뼘은 더 훌쩍 자라 있었을, 아니면 적어도 한 일이 년은 더 무르익어 있었을 모습을 그려보고 싶었다. 하지만 이제는 안다. 두 번 다시 그런 모습은 볼 수 없을 거라는 걸.

어릴 적에 나를 도와주었던 한 소년은 이런 말을 해 주었었다. 좋은 꿈보다는 악몽에서 깨어나는 편이 더 낫다고. 좋은 꿈에서 깨어나고 나면 아쉽고 허무한 기분이 먼저 들지만 악몽에서 깨어나고 나면 안도감부터 느끼게 되기 때문이라고 했다.

그래서 나는 비슷한 이유로 동우가 나의 악몽이었기를 바랐다. 그렇게 생각하면 마음이 더 편안해질 줄 알았다. 그런데도 좀처럼 마음이 그렇게 쉽게 낫지를 않았다. 오히려 안 좋은 기억으로 치부하면 할 수록 마음이 더 아프기만 했다. 그간의 일들이 모두 한낱 나쁜 꿈만은 아니었기 때문인 걸까.

3

____에게

너는 잘 지내? 나는 그럭저럭 잘 지낸다고 하려고 했는데… 그렇게만 말하기에는 너무 이런저런 일들이 많았어서. 한 달 전쯤에 남자친구하고 헤어진 일부터 시작해서 말이야.

그날 점심에 내가 떡볶이를 같이 먹으러 가자고 먼저 제안을 했던 게 화근이었지.

"너 전에 떡볶이 안 좋아한다고 했었잖아."

그는 그런 내가 의아하다는 듯이 이렇게 말했었어.

"내가 그랬었나?"

"응. 너 매운 음식을 잘 못 먹어서 떡볶이는 특히나 싫어한다고."

"내가 언제 그런 거짓말을 했을까나."

민망함에 그렇게 둘러댔지만, 사실 나에게도 분명 그런 말을 한 기억은 있었어. 실제로도 나는 떡볶이를 안 좋아했었으니까. 왜 하필 떡볶이를 다시 먹고 싶다는 생각이 갑자기 들었던 건지도 사실은 잘 모르겠어.

그 다음에 무슨 일이 벌어질지는 미처 상상도 하지 못했어. 나는 그날도 여느 날과 똑같을 줄로만 알았으니까. 그런데 내 맞은편 자리에 동우가 아닌 다른 사람이 앉아 있는 걸 보니까 갑자기 기분이 너무나 이상해지는 거야. 그래서 잠시 화장실에 다녀오겠다고 말하고는 황급히 자리를 피했어. 그리고 비좁은 화장실 칸에 들어가서 한참을 울었어. 토끼처럼 눈이 새빨개질 정도로.

겨우 눈물을 그치고 울었던 흔적을 지워내느라 꽤나 오랜 시간이 걸렸어. 그리고 화장실에서 나오는데 걔가 또 환하게 웃는 거야.

"뭐가 그렇게 오래 걸렸어? 음식 다 식겠다."

그 미소를 보니까 너무 마음이 아파져 버려서 나는 이제까지의 노력이 무색하게 바보처럼 또 그 자리에서 울어 버렸어.

"……미안해."

"왜 그래, 무슨 일 있어?"

울음 사이에 겨우 내뱉은 끅끅거리는 소리 외에는 더 소리가 나오지를 않아서, 한참 뒤에서야 겨우 말을 꺼냈어,

"사실은… 아직도 되게 보고 싶어."

"동우 말이야?"

그 애가 물었어. 어찌나 담담하게 그 이름을 꺼내던지 도리어 내가 당황했지 뭐야.

"너는 어떻게…… 나한테 화도 안 나?"

"그게 화를 낼 일은 아니잖아. 오히려 너를 위로해 줘야지."

"하지만 나는 네 여자친구잖아."

"마음이 그렇게 사람 마음대로 되는 건 아니잖아. 아직도 보고 싶어하는 마음이 들 수도 있는 거고……."

"아니, 나는 그 뜻이 아니라… 우리 정말 이대로 계속 만나야겠어?"

나도 그 말을 하고 아차 싶었어. 불쑥 튀어 나온 그 말에 오랜 정적이 흘렀으니까.

그렇게 우리는 그 누구도 먹지 못하게 될 떡볶이와 그 옆에 장식처럼 놓여진 두 잔의 물을 사이에 두고 한참을 앉아 있

었어.

"네 마음을 얘기 해줘서 고마워,"

그가 마침내 정적을 깨고 말했어,

"나는 네가 정말로 그렇게 생각하는 줄은 몰랐어. 네가 매번 내색을 안 하길래, 진짜 괜찮은 줄로만 알았어. 미안해."

"아니야, 내가 괜한 소리 해서 미안하지."

"앞으로는 계속 내 욕심만 앞세워서는 안 될 것 같아. 이제는 정말 네가 원하는 대로 해 줄게."

그리고 슬픈 건지, 화가 난 건지, 도통 알 수가 없는 담담한 어조로 말했어,

"우리 이제 더 이상 보지 말자."

"에이, 야, 그러지 마. 우리 꼭 이러니까 대낮에 이별하는 사람들 같잖아."

나는 웃으면서 그 말을 농담처럼 넘기려고 했어. 그런데 그는 내 말을 부정해 주지 않더라.

"정말로 헤어지려는 거야?"

내가 다시 물어 보았어.

"그거야 네 선택이지. 네가 무슨 선택을 하든 그 선택을 존중할게."

하지만 거기까지 와서 내가 할 수 있는 말은 하나 뿐이었어,

"미안해."
그는 그 말을 예상했다는 듯이 고개를 끄덕였어.
"진아야, 그동안 너를 알게 돼서 나는 정말 기뻤어. 그동안 많이 고마웠어."
그의 인사를 들으니 내가 무슨 짓을 하고 있는 것인지 정말로 실감이 났어.
"응, 나도 정말 많이 기쁘고 고마웠어."
우리는 쉽사리 떨어지지 않는 말들을 내뱉었어.
"이제는 진짜 끝인 거다."
"그래."
"진짜 진짜 끝이다."
"진짜 진짜 끝."
"안녕."
"그래. 너도 안녕."

그렇게 나는 그 많은 선택의 상황 끝에 결국 돌이킬 수 없는 길을 걸어와 버리고 말았어. 바보같이 느껴질 만큼 무척 짧은 이별이었어. 따스했던 캔커피가 차게 식어갈 만큼의 시간에 준하는. 누군가를 좋아하는 게 의외로 평범한 한순간의 일이기도 하듯, 관계가 끝나는 것 또한 시답지 않은 한

순간에 불과할 수도 있었던 거야.

아직까지도 그날의 일을 계속 생각해 보고는 해. 내가 혹시 나라도 무언가를 다르게 했더라면 그 이야기가 다른 결말을 맞이할 수는 있지 않았을까 싶어서. 내가 그의 말에 다른 대답을 했었다면 우리는 헤어지지 않아도 되지 않았을까 생각해 보게 돼. 또는 진작부터 그와 사귀지 않기로 했었더라면 더 나은 관계로 남을 수 있었을지도 몰라. 그렇게 우리 사이에 존재할 수 있었던 수백 가지의 '만약'을 상상해 보면서 있지도 않은 미래를 써내려 가게 돼.

하지만 이제 와서 그건 다 소용없는 생각일 거야. 이미 나한테 매정하게 돌아선 뒷모습을 보면서부터 뼈저리게 느꼈어. 한참 후회해도 너무 늦어 버렸다는 걸. 그가 이제까지 나를 잘 대해 주었던 것도 그가 마냥 착해서가 아니라 나를 좋아해서 노력하고 있기 때문이었을 거야. 그러니까 그의 친절했던 모습도 과거에나 유효했던 거겠지. 이제는 그 관계도 과거에서나 유효했던 일이 되어버린 것처럼.

웃긴 것 같아. 나도 한때는 그와 비슷한 마음으로 누군가를 좋아했었으면서, 정작 나를 좋아해주던 사람의 마음은 제대로 살펴주지 못했다는 게. 내 마음을 알아주지 않았던 동우를 그렇게나 원망했었으면서 나도 실은 별다를 바 없이 행동하고 있었어.

그러고 보면 전에 동우하고도 이런 대화를 나눈 적이 있었어. 내가 일전에 아파트 앞에서 싸웠을 때의 얘기를 나중에 다시 꺼내면서 시작된 얘기였지.

"원래는 그때 나한테 할 말이 있다고 부른 거였잖아."

"아, 내가 하려던 말… 있기는 있었지."

"무슨 얘기였어?"

그런데 그는 내 생각과 달리 대답을 바로 해주지 않았어. 그런 뜻밖의 반응에 놀란 건 오히려 내 쪽이었어. 사실 나는 그때 하려던 말이 뭐였는지 별달리 생각해 본 적은 없었거든. 잠깐 꺼낸 얘기로 그를 조금이라도 더 오래 붙들어 둘 심산일 뿐이었지. 그런데 동우가 그렇게 이상하리만큼 오랜 시간 동안 말이 없으니까, 나 역시도 왠지 그 말이 중요한 이야기라도 되는 것 같아서 괜히 덩달아 같이 긴장하게 되었어. 그런데 결국 동우가 고민 끝에 내뱉은 대답이라는 건,

"비밀이야, 그건."

이라는 꽤나 김빠지는 소리였어.

"뭐야, 그게? 무슨 얘기였는지라도 알려줘."

"안 돼. 그러기에는 이미 유효하지 않은 말이라서."

"그게 무슨 소리야?"

"내가 하려던 건 그 시간, 그 장소에서만 유효한 말이었다고."

"그래도. 지금이라도 말해주면 안 돼?"

"아니. 이제 와서는 아무런 의미가 없게 되어 버려," 동우는 굉장히 단호한 어조로 그렇게 말했어, "어느 시점을 지나버리면 의미가 없어져 버리는 것들이 있잖아?"

"그때가 아니면 안 되는 거라서?"

"그래."

나는 그때의 일을 떠올릴 때마다 빛이 바랜 그와의 많은 다른 기억들도 같이 떠올리게 돼. 별다를 것 없어 보이는 일들로 어긋나 버리고는 했던 그와의 인연도. 어쩌면 그가 그때 나에게 하지 못했다던 그 말 역시 그때 그 관계의 오묘함을 닮아 있는 게 아닐까 싶어서.

나는 그 관계에서 무엇이 어디서부터 잘못되었는지 고민하느라 오랜 시간을 보냈어. 몇 번이고 그가 남긴 흔적을 더듬어 보며 그와 있었던 일들을 뒤죽박죽의 순서로나마 돌아보려고 했어. 관계가 잘못되기 시작한 어느 한 지점을 찾아서 고칠 수 있다면 모든 걸 바로 잡을 수 있을 거라 생각했으니까.

마지막으로 싸웠던 날에만 해도 나는 그렇게 생각했어. 우리는 그저 여느 날처럼 또 싸우고 멀어졌을 뿐이라고. 그 일만 바로잡을 수 있다면 관계도 바로잡을 수 있을 거라고. 그때의 나는 – 몇 날 며칠을 향해 가더라도 가까워지기는 커녕 오히려 점점 더 멀어져만 가는 관계도 있다는 걸 몰랐어. 인생에 단 한 번 밖에 오지 않는 계절이 있는 것처럼, 두 번 다시 돌아오지 않는 그런 인연이라는 것도 있다는 걸 알지 못했어. 그리고 그 사실을 깨달았을 때에 그는 이미 나에게서 한참 멀어져 버리고 난 뒤였고.

한동안은 화도 났었어. 그가 나한테 두 번 다시는 돌아오지 않을 거라는 게. 그리고 원망스러웠어. 왜 하필 나를 마지막으로 쳐다보았던 게 그런 매서운 눈빛으로였는지. 꼭 그에게 있어서 나의 존재 전체를 전부 다 부정당하는 듯한 느낌이 들어서 겁이 났어. 상처가 되었어. 그래서 그런 아픈 장면 같은 건 진작에 잊어 버리고 싶었어. 내 인생에서 그런 사람을 좋아했던 적은 없었다고 아예 죄다 부정해 버리고 싶었어. 그 기억 자체를 마치 얼룩을 지워내듯이 박박 지워 내 버리고만 싶었어.

하지만 그럴 수는 없었어. 그렇게 어느 부분 하나만 떼어 놓고 그간의 나의 시간을 설명할 수가 없었어. 내가 다른 누군가와 화해를 한다고 해서 그와 싸웠던 일이 없어질 수는 없는 것처럼, 괴로운 일이 있었다고 해서 즐거웠던 시간들마저 거짓이 될 수 있는 것은 아니었어. 그 어떤 순간에도 나는 나였어. 누군가를 좋아했던 그 모든 순간의 너도 너였듯이. 그러니까 이 이야기의 어느 한 부분만 쏙 뽑아서 편리하게 다시 쓸 수 있는 방법 같은 건 애초에 없었어. 너라는 사람이 있게 된 건 내가 후회한다고 말하는 과거의 그 선택들 때문이기도 하니까. 그리고 어차피 그때로 되돌아갈 수 있다고 하더라도 나는 똑같은 선택을 하긴 했을 거야. 결국 끝끝내 같은 사람을 좋아하고 말았을 거야. 그 사실만큼은 절대 다르게 할 수 없었을 만큼 좋아했었으니까. 모든 걸 다 걸고 싶을 만큼 진심이었으니까, 적어도 그때의 나는.

그런데 어쩌면 이제는 그때로부터도 너무 멀리 와 버린 것 같아. 결점 하나 없는 줄로만 알았던 동우의 얼굴에 난 점들을 하나 둘 셀 수 있게 되면서부터 이미 예견된 일이었는지도 몰라. 가만 생각해 보면 그건 동우가 변해서가 아니었어. 그가 아니라 그를 바라보는 나의 시선이 변한 거였지. 그러니 이제는 그가 돌아온다고 할지라도 그 모든 게 예전 그대로는 아닐 수밖에 없었어. 이전으로 돌아가는 길 같은 건 이미 한참 오래 전에 닫혀 버린 건지도 몰랐어. 그 사실을 받아들이는 데에 참으로 오랜 시간이 필요로 했던 것 뿐이지.

시간이 약이라고는 하지만 그것도 만병통치약은 아닌 모양이었어. 어떤 상처들은 끝내 아물지 않고 그 자리에 그대로 남아. 나의 비극이 스치운 자리에도 꼭 그만큼 깊게 패인 상흔이 남았어. 이제 나는 아예 지워 버리거나 없던 일로 만들어 버릴 수 없는 이 기억들과 두고두고 함께 해야 하는지도 몰라. 어쩌면 그래서 내가 아는 어른들은 다 사는 게 힘들다고 하는 게 아닐까? 삶이 그렇게나 지워지지 않는 많은 자국들을 안고 가야 하는 과정이라서.

시간이 지남에 따라 내 마음에 남아 있는 자국이 조금이나

마 흐려지기를, 약간이나마 덜 아파지기를 바라볼 뿐이야. 그리고 적어도 내 앞에 펼쳐질 나의 하루들은 그런 후회들로 가득하지 않기를 바라. 매순간에 최선을 다하는 사람이 되어 보려고 해. 이제까지의 나는 잘 그러지 못했던 것 같아서.

이전에 나는 사랑이 반짝반짝 빛나는 불빛을 다른 누군가에게 선뜻 내어 줄 수 있는 마음 같은 거라고 생각했었어. 자신의 일부분을 그렇게 남에게 떼어주어도 될 만큼 좋아하는 마음 말이야. 그래서 나는 다른 누군가를 좋아하게 되면 내가 가지고 있던 조금의 빛마저 다 잃어버리게 되는 게 아닐까 두려웠었어. 그래서 나는 서로를 아주 환하게 밝힐 수 있을 만큼은 아니고, 또 그렇다고 아주 빛이 없을 정도로 어둡지도 않을 만큼의 빛을 내는 관계만을 간간히 유지해 왔던 것 같아.

그런데 이제는 알아, 사랑은 남에게 빛을 내어주는 일이기 이전에 나 역시도 빛나게 만드는 일이라는 걸. 다른 사람을 물들이기 전에 나 자신을 먼저 물들이는 감정이라는 걸. 그렇다면 나 역시도 상대에게 어여쁜 빛을 내어주었던 그 순간만큼은 환하게 빛나고 있었을지도 몰라.

그러니까 이제 다른 누군가에게 온 마음을 다하는 걸 더는 아까워하지 않을래. 과거에 그 누구를 만났던지 그것도 이제 더는 후회하지 않을 거야. 그건 그때의 나 자신에게도 너무나도 미안한 일이 될 테니까. 밝게 빛나는 기억들만 간직하기에도 모자랄 만큼 소중한 시간이었잖아.

돌아보면 나는 다른 누구에 대해서보다도 너에 대해서 아는 게 제일 없어. 그도 그럴 것이 나는 이제까지 나 자신을 제대로 깊이 들여다보지 못했더랬어. 내가 좋아하는 사람들을 바라보았던 시선만큼 자신을 스스로 애정 어린 시선으로 바라봐 주지 못했어. 다른 사람들의 마음에 들기 위해서는 그렇게 아등바등했었으면서 정작 내가 무엇을 좋아하고 싫어하는지는 제대로 알아보려고 한 적도 없었어. 오히려 앞장서서 내 가치를 깎아내리고 자신을 못살게 괴롭혔지. 그래서 나는 더 늦기 전에 다른 누가 아닌 그때의 너에게 이 이야기를 들려주어야지 마음 먹었어.

왜냐하면 진아야, 이 세상에 너를 좋아해 줄 만한 사람들은 생각보다 훨씬 많을지도 몰라. 네가 과거의 기억 속에 갇혀서 아직 다 보지 못한 세상, 만나보지 못한 사람들까지 함부로 재단하지만 않는다면. 그러니까 가끔, 아주 가끔이라도 좋으니까 용기를 내서 너 자신을 마주해서 바라봐 준다면 어떨까? 그러면 너도 언젠가는 지금의 나처럼 깨닫게 될지도 몰라. 사실 너는 다른 그 누가 곁에 없이도 늘 그렇게 빛나고 있었다는 걸.

모든 게 말처럼 쉽지만은 않을 걸 알아. 도망치지 않기 위해서는 그동안 피해 왔던 진실들도 마주해야 하지. 솔직히 그럴만한 용기가 지금의 나한테 있는지도 잘은 모르겠어. 그래서 나의 이야기를 써 내려 가는 데에는 진실 말고 얼마만큼의 거짓말도 필요로 했어. 이 이야기가 너한테 낯설게 느껴진다면 그 때문일 거야. 하지만 아무래도 좋아. 그렇다고 해서 이 이야기 전부가 가짜가 되어 버리는 건 아니니까. 그리고 다른 누구는 몰라도 나 자신은 알아. 너의 거짓말도, 너의 진실도. 한때 온 마음을 다해 누군가를 좋아했던 너의 그 모든 순간을 나는 기억해. 그렇게 나는 그때의 너를 기억해.

동우가 떠나간 뒤에도 지나간 기억을 오래 붙들고 있었어. 그와 대화하듯이 너에게 이 이야기를 여러 차례 들려주고는 했어. 조각난 이야기의 순서는 말을 할 때마다 조금씩 달라졌어. 그렇지만 매번 같은 지점에서 시작해서 같은 곳에서 끝나는 건 마찬가지였지. 언제나 같은 말로 시작해서 같은 말로 끝나는 것도. 나의 기억은 언제나 너에게서 시작해서 너에게로 끝나니까. 늘 그랬듯이, 늘 그래왔듯이.

그런데 어느 날부터인가 문득 이 이야기를 비로소 마음에서 보내 줄 때가 되었다는 생각이 드는 거야.

그래서 너 말고도 다른 누군가가 내 이야기를 듣고 있을 것처럼 말했어. 부디 이 이야기를 이대로 남겨두고 가는 나를 이해해 달라고. 이 모든 건 그를 그나마 좋은 모습으로 남겨두기 위해서라고 말했어. 이제 뭘 더 어떻게 해 보려는 건 미련에 지나지 않는 것 같다고 했어.

그런데 그런 말을 하고 보니 이건 아니다 싶더라. 그렇게 이런저런 핑계들로 마무리하고 싶은 건 아니었으니까.

그래서 다른 말들을 했어. 나는 그때 당시 우리가 나름의 최선을 다했다고 믿는다고 했어. 그것이 부족하고 서툴렀을

지언정 마음을 다 한 것만 같다고 말했어.

그 얘기로도 부족한 것 같아서 더 많은 말들을 했어. 그동안 보내지지 않은 줄 알았던, 미처 다 전해지지 않은 줄만 알았던 마음을 오랜 시간이 지난 뒤에야 수신받은 것만 같다고 했어. 너의 마음 또한 내게 다 잘 전해졌을 테니 걱정하지 말라고 했어.

미안하다고 말했어. 그 말을 하고서는 한참을 울었어.

그동안 정말 고마웠다고 했어. 나는 그에게 빚진 게 참 많은 것만 같다고 했어. 그 말을 하면서도 울었지만, 조금 더 웃어보려고도 했어.

그런 내 말을 어딘가에서 듣고 있다면 참 좋겠다고 말했어. 나의 마음 또한 전부 그에게 닿았더라면 참 좋았겠다고 말했어. 진심으로 그러기를 바랐어.

그런데도 여전히 무슨 말로 마무리해야 할지 알 수가 없더라.

나는 때때로 다른 평행 세계에 너와 나를 상상하고는 했어. 그 다른 세계의 엔딩 속에서 나는 그토록 좋아했던 사람과 오래오래 행복하게 잘 지내고 있을지도 몰라. 하지만 또 그만큼 서로를 더 할퀴고 더 미워하고 의심하고 더 멀어지게 되어 버렸을지도 모르지.

언젠가 나는 시간이 지나서 네가 그토록 되고 싶지 않았던 실망스러운 어른이 되어 버릴지도 몰라. 앞으로 살아갈 날들은 알고 보니 지금까지 살아온 날들과는 차원이 다르게 힘들다는 걸 깨달아 버릴 수도 있지. 그러면 나는 또 속이 좁은 사람이라 언제라도 너를 다시 미워하게 될 수도 있을 거야. 이 이야기를 다 없던 일로 만들고 지워지고 싶어질 수도 있을 거야. 그렇지만 그래도, 그렇다고 하더라도…….

실은 그때의 너를 많이 좋아했었어.

"사랑해…… 알지?"

그간의 마음을 돌이켜보면 정말 그 뿐이더라.

하트 6_

그 때 기억 나?

언제나와 같은 일상이 또 언제나처럼 위협적이었던 학창 시절.

나는 기억해, 전부 다. 교복을 입고 환하게 미소 짓던 너의 모습까지도.

너여서, 전부 너였어서, 두고두고 잊지 못할 것 같아.

| 작가의 말 |

이야기를 글로 처음 풀어 쓰기 시작한 건 2016년이었습니다. 당시 고등학교 3학년이었던 저는 입시를 앞두고 미국 대학 원서(Common App)에 쓸 글들을 구상하고 있었습니다. 저를 소개하는 이런저런 글들을 쓰면서, 애초에 성장이랄 것이 대학 원서나 자기소개서에 쓰는 일화에서처럼 어떤 특정한 계기로 이루어질 수 있는 것인가 하는 의문을 품었습니다. 오늘날의 저를 만들어 준 것은 인생에서의 몇몇 중대한 날들보다는, 대개 별 달라 보이지 않는 무수한 일상의 나날에 가까워 보였기 때문입니다. 사소할지는 몰라도 결코 사사롭지는 않았던 일상의 풍경들에 마음이 동했습니다. 그래서 남들은 실패라고 부를지도 모를 저의 시간조차도 그 나름대로의 의미가 있었다고 항변하고 싶어졌습니다. 제 글의 첫 독자로 상정한 제 자신이 바로 그런 위로를 필요로 했기 때문입니다.

떠나고 나서야 비로소 그 행선지를 알 수 있는 여행처럼, 이 소설도 제가 처음 쓰기 시작했을 때에는 생각지도 못했던 먼 곳까지 저를 데려다 주었습니다. 그렇지만 그 집필 과정은 좀처럼 현실에서의 일을 없던 일로 해주거나 과거의 상처를 말끔히 낫게 해주는 것만은 아니었습니다. 글을 쓴다는 행위는 오히려 때로는 외면하고 싶었던 상처를 더 깊게 후벼 파고, 애써 마주하고 싶지 않던 부끄러움을 다시 직면하게 하는 일일 수도 있었습니다. 특히나 소설을 쓰면서는 삶에서는 쉽사리 통용되는 "어쩌다 보니 그렇게 되었다"는 말을 쉽사리 써먹을 수가 없기 때문입니다. 그래서 글을 쓰면서는 집요하게 묻고 또 묻는 수밖에는 없었습니다. 그 과정에서 "너"에 대한 것인 줄만 알았던 이야기의 끝에는 결국 그로부터 도망칠 수도, 벗어날 수도 없었던 "나"도 있었다는 것을 계속 상기하게 되었습니다.

이야기를 통해 마주한 "나"는 작중의 진아처럼 가끔, 아니 사실 자주, 제가 부끄럽지 않을 만한 어른이 되어 가고 있는지를 묻고는 합니다. 그 질문에 자신 있게 그렇다고 대답을 할 수 있는 날이 드뭅니다. 하지만 글을 쓰는 과정에서 제 자신에게 물었던 크고 작은 질문들을 아직까지도 간직하고 있습니다. 소설을 통해 묻고 답했던 많은 말들이 제 자신에게 하는 다짐처럼 느껴질 때가 많습니다.

오랜 시간 부쳐지지 못한 편지 같던 그 말들이 마침내 독자 분들에게도 전해지게 되어 기쁩니다. 그동안 제 곁을 지켜주었던 소녀와 소년의 이야기를 떠나보내며, 이 이야기가 저에게 그러했듯 이 글을 읽는 당신에게도 조금이나마 위로가 되어 주었기를 바랍니다.

책의 출판에 물심양면으로 힘써주신 한평서재의 서형열 대표님, 함께 애써주신 서민재님, 안현옥님께 감사드립니다. 이 책은 그 분들의 노력 없이는 출판될 수 없었을 것입니다.

사랑하는 가족들과 오늘의 제가 있게 해주신 모든 분들께도 진심으로 감사 드립니다. 저는 아직도 제 삶의 수많은 "너"에게, 그리고 당신들께 많은 것을 빚지고 있습니다.

앞으로 더 많이 쓰고 사랑하며 빛을 전하는 사람이 될 수 있도록 노력하겠습니다. 모처럼 이 글을 읽고 계신 여러분의 앞날에도 행복이 가득하기를 바라요. 제가 보거나 보지 못할 인생의 모든 장면들까지 반짝반짝 빛나기를.

2021년 3월의 어느 봄날,
윤주연 드림

너만 보는 이야기

초판 1쇄 발행 2021년 3월 31일

지은이 윤주연

펴낸이 서형열 | **펴낸곳** 한평서재

책임편집 서민재

교정교열 안현옥

출판등록 2020년 2월 20일 제352-2020-000004호

전자우편 spc4seo@gmail.com

ISBN 979-11-970622-4-7